お人好し職人のぶらり異世界旅 4

ALPHA LIGHT

電電世界

DENDENSEKAI

アルファライト文庫

CHARACTERS
ココ
Bランク冒険者の犬獣人の女性。
卓越《たくえつ》した剣の腕前を持つ。
スロント
武《む》者《しゃ》修行《しゅぎょう》のために
各地を旅する象獣人の武芸者。
メア
モアの姉で、
異世界に来た良一の
妹になった女の子。
真面目《まじめ》で勉強熱心。
モア
良一の妹になった女の子。
元気いっぱいな
ムードメーカー。

キャリー
凄腕《すごうで》のAランク冒険者。
女子力が抜群《ばつぐん》に高い
おじさん。
石川《いしかわ》 良一《りょういち》
電気工事店を営《いとな》んでいた青年。
分身をはじめ、様々なチート能力を
駆使《くし》して今日も人助け。
みっちゃん
腕時計型端末《たんまつ》のAIだったが、
人工人体を手に入れた。
マアロ
食いしん坊なエルフの女の子。
回復魔法が得意な神官。

一章　領主、奔走《ほんそう》する

不思議なスマートフォンサイトのバナー広告をクリックしたことがきっかけで、異世界スターリアに転移した青年、石川良一《いしかわりょういち》。

各地を旅する中で次々と大きな功績《こうせき》を立てた彼は、カレスライア王国の士爵《ししゃく》位に叙《じょ》され、王国貴族の間でも一目置かれる存在になっていた。

カレスライア王国の第五王女スマルの視察に同行する形で王国南部のメラサル島を訪れた良一は、この島の領主、ホーレンス公爵《こうしゃく》の推薦《すいせん》により、島内にある小さな村――イーアス村を領地として賜《たまわ》った。

この村は、良一がスターリアに来て最初に世話になった、縁深い場所である。

そんなわけで彼は、旅で出会ったかけがえのない仲間――義理の妹として行動を共にするメアとモア、犬獣人の女剣士ココ、水の神に仕《つか》えるエルフの神官マアロ、頼《たよ》れるAランク冒険者のキャリー、アンドロイドのみっちゃん達を連《つ》れて久々にイーアス村に帰ってきていた。

「それでは、石川士爵を我《わ》がイーアス村の新領主として迎《むか》えることに賛成の者」

イーアス村の村長であるコリアスの一声で、集会所に集まった村の有力者達が一斉に手を挙《あ》げた。

集会所では今、良一が新領主になる件で会合が開かれている。

突然の知らせに皆驚《おどろ》きはしたものの、特に異論は出ず、好意的に受け入れられた。

新領主赴任《ふにん》といっても、コリアスを村長とする統治方法は現状維持で、追加の税金などは取るつもりはない、というのが良一の方針なので、何かが大きく変わるわけではない。

それに、村の有力者や村民も、良一の人となりはよく知っている。何しろ彼は、以前グレートドラゴンから村を救った英雄の一人なのだから。

「では、異議がないようなので、今日の会合はここまでとしよう。ところで、新《あら》たな領主様を歓迎するために、ささやかな宴《うたげ》の準備をした。皆《みんな》、楽しんでほしい」

村長がそう宣言すると、お酒や料理が運び込まれ、いつの間にか会合は宴会の場へと変わっていた。

「ささ、領主様。どうぞ一献《いっこん》」

村長にへりくだった態度で酒を勧《すす》められ、良一は少しばかり居心地《いごこち》の悪さを覚えた。

「領主様だなんてやめてくださいよ、コリアス村長。今まで通り、石川君とか良一君と呼ばれた方が、自分としてはやりやすいです」

「しかし、そうは言っても」

「もちろん、公式な場ではしかるべき態度をとっていただいた方がいいでしょうけど、所《しょ》詮《せん》名ばかり貴族ですし、こだわりはないので」

そんなやり取りを続けていると、木こりの師匠《ししょう》であるギオが杯《さかずき》を片手に近づいてきた。

「おう、それでこそ良一だ。村長もほら、本人がそう言ってるんだから、いいじゃないか。なあ、皆？」

このギオの言葉で、宴会の雰囲気《ふんいき》は一気に砕《くだ》けたものに変わった。

「それで、良一はどんな豪邸《ごうてい》を建《た》てるんだ？」

ギオの質問の意図がわからず、良一は首を傾《かし》げる。

「豪邸、ですか？」

「そりゃあ、このイーアス村の領主様になったなら、立派な領主館を建てないといけないだろう」

「そういうものなんですか？」

「ああ。領主の屋敷がないんじゃあ、俺達も格好がつかない。それが領主として最初の仕事だ」

村長をはじめ周りで酒を飲む全員が頷《うなず》いている。

「うーん。確かに、村に滞在《たいざい》している間ずっと森《もり》の泉亭《いずみてい》に泊まるというのも不便ですね。ここには連れてきていませんが、妹のメアやモア以外にも、旅の仲間が増えました。部屋数が多い家があれば皆喜ぶと思います」

イーアス村を出てから王都ライアやセントリアス樹国《じゅこく》など各地を旅してきた良一は、いまだに自分の家を持っていない。領主屋敷というのは大げさだとしても、この村に居《きょ》を構えるのも悪くないという考えが浮かんでくる。

「領主の館《やかた》なら、他の貴族様が来た時に宿泊してもらうためにゲストルームなんかを多くするのが通例だな」

「なるほど。個人的には大きなお風呂が欲しいです。足を伸《の》ばせるような」

「大きな風呂か、それは領主の館にふさわしいな」

酒が入って気が大きくなったせいか、良一はいつもよりも饒舌《じょうぜつ》になり、ギオと領主館の構想を大いに語り合った。彼らの後ろに真剣な表情でメモを取り続ける男衆《おとこしゅう》がいるのに気づかぬまま……。

その後、話題は良一が村を出てからの活躍《かつやく》へと移り、海賊バルボロッサ討伐《とうばつ》や王都でのドラゴンゴーレム退治、亡者《もうじゃ》の丘でのドラド王との死闘《しとう》などの冒険譚《ぼうけんたん》で、場は大いに盛《も》り上がったのだった。

◆◆◆

会合の翌朝、宿泊先である森の泉亭で朝食をとる良一のもとへ、コリアス村長が二人の男性を連れてやって来た。

「石川君、随分《ずいぶん》と青い顔をしているが、大丈夫か？」

「二日酔《よ》いみたいで。コリアス村長は平気そうですね」

「あれぐらいの酒で潰《つぶ》れちゃあ、イーアス村の男としてはまだまだだな」

〝イーアス村の男〟になるためのハードルの高さを思い知らされ、良一は苦笑《くしょう》をこぼす。

「はははは。それで、朝からどうしたんですか？」

「おお、そうだった。この二人は村で大工仕事をしているハンマルとナイルだ」

コリアスが手で示すと、二人はそれぞれ自己紹介を始める。

「大工のハンマルだ。こうして話すのは初めてだが、以前妻がエルフの神官様に治療《ちりょう》してもらったことがある」

「同じく、村で大工をしているナイルです」

コリアス村長は空《あ》いているテーブルを見つけると、懐《ふところ》から取り出した大きな紙を広げた。

「これは村の地図だ」

堀《ほり》を示す歪《いびつ》な円形の中に、小さな丸や四角い印《しるし》とともに村民の名前が書かれていて、よく見るとギオの工房や、森の泉亭などもある。

「確かに、村の全体図みたいですね」

「少しイーアス村の成《な》り立ちを説明しよう。この村は先々代のホーレンス公爵が良質な木材を求めていくつかの村を建設した際にできた。私の曽祖父《そうそふ》がその開拓をする村民のまとめ役をしていた名残《なごり》で、代々私の家が村長をしているんだよ」

「なるほど。結構昔からあるんですね」

「幸《さいわ》い、良質な木材の取引で木工ギルドが発展し、村は段々と大きくなって、今では大体八百人の村民がいる」

「そんなにいるとは思いませんでした」

「ああ、しかし問題もある。土地が足《た》りないんだ。正確には、村の周りを囲む堀《ほり》と柵《さく》の内側の土地がな」

「そういうことですか」

なるほど、開拓の相談か——と思ったものの、村長の話は良一の予想とは異なる方向に進んでいく。

「だから、昨夜話していた領主館を建てる土地がないのだ」

肩すかしを食《く》らい、良一は思わず聞き返す。

「え？　領主館、ですか？」

「なんの話だと思ったんだ？」

「いや、ドラゴンの襲撃《しゅうげき》で壊《こわ》れた家も直ってきたみたいですし、これを機に村民の家を建てるための土地を開拓するのかと」

「確かにそれも重要だが、まずは領主館の場所だ」

どういうわけか、村長達は領主館が建てたくて仕方がないらしい。

それからコリアス村長に代わって、ハンマルとナイルが話しはじめる。

「この村は森を切り拓《ひら》いてできた村だからな、館を建てる土地も俺たちが切り拓く」

「そこで、建設予定地と予算の話になるわけです。久方《ひさかた》ぶりの大型事業で、腕が鳴りますよ」

やる気がみなぎっているハンマルとナイルの勢いに押され気味の良一は、自分だけでは決めきれないと一旦《いったん》保留。Aランク冒険者として様々な事情に通じているキャリーと、膨《ぼう》大《だい》な知識を有するアンドロイドのみっちゃんに助けを求めることにした。

食堂を出て宿泊中の部屋に行くと、全員が一つの部屋に集まってトランプで遊んでいた。

「良一兄ちゃん、ご飯終わった？　どこか遊びに行こう！」

早速カードを放り出して飛びつくモアを、メアが姉らしく窘《たしな》める。

「もう、モア。良一兄さんは領主のお仕事で忙《いそが》しいんだから」

まだ調子が悪そうな良一を見て、犬獣人のココも心配そうに顔を覗《のぞ》き込む。

「良一さん、まだ具合が悪いなら、少し休んだらいかがです？」

「酒の飲みすぎ」

一方、〝自称妻〟のマアロは、昨夜の宴会に連れて行ってもらえなかったのを根に持っていて、少々不機嫌《ふきげん》だ。

「二日酔いがひどいのであれば、薬を出しますが」

「薬は大丈夫だよ、みっちゃん。もう少し時間が経《た》てば気分も良くなりそうだし。それで、キャリーさん、相談があるのでちょっと食堂に来てもらえませんか」

「あら、そうなの？　いいけど、何かしら」

「コリアス村長が領主館の建設や村の拡張《かくちょう》を進めたいみたいなんです」

「建築関係はあまり役に立てそうにないわね」

「いいえ、専門的な話じゃなくて大丈夫です。色んな村を見てきた冒険者として、意見を聞かせてください。みっちゃんも一緒に来て知恵を貸してくれ」

「はい、マスター」

キャリーとみっちゃんがトランプを置いて立ち上がったのを見て、モアが頬《ほお》を膨《ふく》らませる。

「えー、良一兄ちゃん、遊ばないの？」

「ごめんな、時間ができたら散歩に行くからさ。メア達ともう少し遊んでいてくれ」

「わかった」

良一が二人を連れて食堂に戻ると、待ってましたとばかりに村長が話を切り出した。

「それでだが、まずはどこに領主館を建てようか」

しかし、みっちゃんは村長達の地図を一瞥《いちべつ》するなり、アイテムボックスから自前の地図を取り出して広げた。

「詳細な地図がありますので、どうぞこちらをご利用ください」

「こ、これは！　実に精細《せいさい》だ。いったいどうやって……いや、君達ならば不思議はないか」

驚く村長をよそに、良一達は早速地図を覗き込む。

結局、領主の館を建てるにしても、拡張した村のレイアウトを決めねば話は進まないので、必然的に開拓計画の相談がメインになる。

「こう見ると、魔物への防備が心もとないわね。面積を広げるとなると防衛設備も補強《ほきょう》した方がいいと思うわ。特に、拡張直後はそこに棲《す》んでいた魔物が侵入《しんにゅう》してくる可能性が高いから、対策が必要よ」

「今の外堀《そとぼり》と木の柵じゃあだめなんですか？　結構しっかりしていると思いますけど」

キャリーの指摘に良一が疑問を挟《はさ》んだ。

「私達がいれば大抵のモンスターの襲撃は平気よ。でも、良一君だって王国内の他の領地に出かけることも多いでしょうから、その時は村の自警団が対処しないと。それに、数の力を侮《あなど》ってはいけないわ」

村長コリアスもそれについては同意した。

「確かに、石川君が村に訪れる前から少しずつモンスターの数が増えている。人里付近にはあまり出てこないシャウトベアキングとの遭遇《そうぐう》に加え、ドラゴンの襲撃もあった。備《そな》えておくに越《こ》したことはない」

さすがにドラゴンの襲撃を防ごうと思ったら騎士団規模の軍備が必要になるが、そこまでいくと普通の村には過大《かだい》な自衛力だ。良一にそのつもりがなくても、他のメラサル島の貴族達に領土的な野心があるのではないかと疑《うたが》われかねない。

何しろ、良一自身がドラゴン撃退《げきたい》や亡者の丘解放の功労者として多大な武名を挙げている。そのうえ、Aランク冒険者のキャリーやココといった実力者も揃《そろ》っている今のイーアス村は、個人の力だけで見ればメラサル島内でも屈指《くっし》の実力を誇《ほこ》っているのだから。

「それでは、シャウトベアキングを防げるくらいを目安に、設備を整《ととの》えましょう」

皆の意見を参考にしながら、良一は領主らしく判断を下していく。

まず、村の面積は約二倍に拡張することが決まった。次は内側をどうするかだ。

現在村の住民の大多数は、木こりや家具職人、木材加工職人などを中心とした木工ギルドと関連する職業に就《つ》いている。

森の泉亭や道具屋などの一般商店もあるが、数は少ない。

農業を営《いとな》む者も少なく、多くは本業の傍《かたわ》ら村の中や外にある畑で細々と野菜を作っているだけである。そのため、村が消費する食料の大部分は農業都市エラルからの輸入に頼っているのが現状だ。

自給自足とは言わないまでも、今後の人口増加に備えて農地を増やしておきたい。

しかし村の堀の内側の畑はスペースが限られており、外の畑はモンスターに襲《おそ》われたり、作物を食い荒《あ》らされたりする不安が付きまとう。

そこで良一達は、農地を区画整理し、村の敷地《しきち》を広げた先に統合することにした。

村長はその労力を心配して乗り気ではないが、みっちゃんがなんでもないように言う。

「マスターの〝魔導甲機《まどうこうき》〟を使えば、今ある畑を土地ごと移せます」

良一は長らくアイテムボックスの肥《こ》やしになっていた魔導甲機の存在を改めて思い出した。

魔導甲機とは、大気中の魔素《まそ》を動力源として動く魔道具の大型版――重機やロボットのようなものである。

「確かに、こういう時に使えそうだな。今、俺が持っている魔導甲機は、トンネル掘削《くっさく》用、建築用、上下水道敷設《ふせつ》用、工材運搬《うんぱん》用、農地開墾《かいこん》用、危機管理用の六台だ」

「そのうちの建築用と農地開墾用の魔導甲機があれば、目的を完遂《かんすい》できます」

「そ、それは凄《すご》い……。魔導甲機があればなんでもできるな」

村長はもうついていけないとばかりに肩を竦《すく》める。

そこでふと、良一の頭にある考えが浮かんだ。

「みっちゃん、村中に上下水道を敷設するとしたら、どれだけ予算がかかるかな」

「大量の水道管が必要ですし、給水施設や下水処理施設などの建設及《およ》びその管理運営、さらに施設を動かすエネルギー変換施設も必要です。最高水準の施設ですと……現在の貨幣《かへい》価値でこれほどです」

そうしてみっちゃんが計算してはじき出した金額を見て、その場にいた全員が目を見開いた。

「大白金貨で五千枚か……。高いな」

日本円にしておよそ五十億円。この金額で地球と同じような文化的な生活ができると思っても、良一の口からは本音《ほんね》が漏《も》れていた。

彼はカレスライア王国に隣接《りんせつ》する危険地帯——亡者の丘を解放した報賞《ほうしょう》として莫大《ばくだい》な財宝を分配される予定だが、それでも賄《まかな》いきれない。

「高いな、じゃないわよ。とんでもない金額じゃない。本当にその設備は必要なの？」

呆《あき》れ顔のキャリーの指摘に、良一は苦笑で答える。

「あると便利なんですけどね……」

上下水道の設備だけで予算を使い果たすわけにはいかないとわかっていても、これからこの村に腰を落ち着けると考えると諦《あきら》めきれない。

「マスター、予算がないなら、私の人工人体同様に遺跡《いせき》から持ってくればいいのです。ココノツ諸島にはまだまだ機能を保《たも》ったまま放置されている設備があります。それを移設すれば、新規に建設するよりも大幅《おおはば》にコストカットが可能です」

みっちゃんの提案は確かに魅力《みりょく》的だが、良一には不安もあった。勝手に遺物《いぶつ》を持ち出したことを咎《とが》められ、面倒な事態を招《まね》いてしまえば、メラサル島とココノツ諸島全体の問題にも発展しかねない。

「あの時は正式な貴族ではなかったし、いろいろと自由だったけど、今の立場でよその領地の遺跡の遺物を持ってきて大丈夫なのか？」

「用途《ようと》や使い方がわからず放置されている設備ですから、先方も価値を理解していないでしょう。むしろ、領民の幸福を維持し、生活を向上させるのは貴族の責務《せきむ》の一つです」

「そういうものか……」

みっちゃんからの提案は引き続き検討を続けるとして、ひとまず施設を建設するための用地を確保しておくことに決まった。

「よし、あとは領主館か」

良一が呟《つぶや》くと、今まで出る幕がなくて黙《だま》り込んでいた大工二人――ハンマルとナイルが息を吹き返した。

「ようやくこれの出番だな」

ハンマルがそう言いながら一枚の大きな紙を取り出して、良一に見せた。

しわくちゃであちこちに細かい書き込みがされているが、どうやら大豪邸の図面らしい。

「これはかつて建設が予定されていた公爵様の屋敷の姿図《すがたず》だ」

「公爵様の屋敷ですか」

「そうだ。二代前の公爵様の屋敷になるはずだった。当時の公爵様が気に入ってくださったそうだが、ちょうどそのころ天災に見舞《みま》われてな、復旧費用がかさんで話が立ち消えになったんだ。その後、屋敷の設計図だけがずっと我が家に引き継《つ》がれ、少しずつ改良が加えられて現在に至《いた》る」

「前領主のギレール男爵《だんしゃく》は農業都市エラルに居を構えていますから、屋敷の建設話は持ち上がりませんでした」

ハンマルとナイルが説明している間に、みっちゃんはサッと図面に目を通して机の上に3Dモデリングされた立体映像を投射《とうしゃ》した。

「設計図から読み取ったデータをモデリングしました。いかがでしょうか」

「こ、これは⁉」

二人の大工は突然現れた映像に驚きはしたものの、憧《あこが》れの建造物が目の前に現れた喜びが上回《うわまわ》ったのか、良一達を放置して食い入るように映像を見た。

屋敷の隣《となり》に表示された良一のモデルと比較すると、ギレール男爵の屋敷よりも大きく、ホーレンス公爵の現在の屋敷に匹敵《ひってき》するくらいだ。

「元は公爵様の屋敷ですよね？　士爵の俺には立派すぎませんか？　コンセプトはこのまで、もう少し小さくしても良いんじゃ……」

上下水道の時と違って、今度は良一だけが乗り気ではないという状況で、村長やハンマルが代わる代わる説得しにかかる。

「いやいや、領主様の功績は他の追随《ついずい》を許しません。この村の領主になった記念に建設しても文句は出ませんよ。内装だってきっと気に入るはずです」

「各階の俯瞰《ふかん》図を表示します」

ナイルの言葉に合わせて、すかさずみっちゃんが地上三階、地下一階の屋敷の各階層の輪切《わぎ》りした映像を表示し、内装がわかるようにする。

「姉ちゃん、凄いな！　こんなの初めて見たぞ。どうだ、うちの息子の嫁《よめ》に来ないか？」

「いや、是非《ぜひ》うちの子に」

「ナイル、お前の倅《せがれ》はまだ十歳だろうが」

屋敷と関係ないところで喧嘩《けんか》を始める大工二人をよそに、キャリーが感想を口にする。

「でも良一君、これは素敵《すてき》なお屋敷よ。メアちゃんやモアちゃんも気に入ると思うわ」

「うっ……それを言われると。やっぱりそうですかね」

「なら、皆を呼んで意見を聞きましょう」

キャリーの提案に従《したが》って二階で待っていたメア達にも聞いたところ、四人全員がこの屋敷に好感触《こうかんしょく》で、良一は余計に追い込まれる。

「まあ、これからイーアス村が大きくなることはあっても、小さくはならないでしょう。なら、館もドーンと立派にしましょうや」

結局、ハンマルの説得に押し切られる形で、屋敷の建設が決まった。

大工二人は今の設計図にメア達の希望を取り入れてさらなる改良を加えるつもりらしく、ヒアリングは長時間に及んだ。

◆◆◆

屋敷予定地の視察や測量、自衛設備の検討などをしているうちにあっという間に時間が過ぎ、農業都市エラルで行われるスマル王女の昼食会の一週間前になった。

みっちゃんが農地開墾用魔導甲機を用《もち》いて村北部の拡張予定地を整備《せいび》し、村の敷地面積だけはすでに予定の大きさまで拡張が済んでいる。整地作業は残っているものの、村の周囲には木の柵と堀に加え、監視《かんし》用の仮の櫓《やぐら》が設置済みだ。

もっとも、効率を優先するあまり全てをみっちゃんが片付けてしまうと、村の職人にお金が回らない。そこで急を要する村の自衛施設と、手作業では労力が大きい区画整理、上下水道の敷設以外は、時間をかけて村全体が協力してやっていくことになった。

良一達はスマル王女の昼食会に出向いたその足でココノツ諸島に渡り、上下水道や発電設備を発掘《はっくつ》する予定だ。

「それじゃあコリアス村長、よろしくお願いします」

「任《まか》せてくれ。石川君が戻ってきた時には見違えるくらい良くなっているよ」

農業都市エラルまでは急げば三日の道のりだが、良一達は余裕を見て少し早めに出発することにした。

モアが久しぶりの遠出《とおで》で大はしゃぎする一方、姉のメアは少し寂《さみ》しそうな表情を見せる。

「良一兄さんが領主様になったから、今後はこうして皆で旅をする機会は減《へ》っちゃいそうですね」

「いや、主神ゼヴォスの課題もあるし、今後も旅は続けるよ。俺がいなくても、コリアス村長の下で今まで上手《うま》く回っていたんだ。領主として整備や開発に力は貸すけど、細かいことまで口を出すつもりはないよ。そうだな……俺にとってイーアス村は旅から帰ってくる拠点《きょてん》っていう感じかな」

そう言って頭を撫《な》でると、メアの顔に笑顔が戻った。

「これからも一緒に色んな所に行こうな」

「はい！」

イーアス村には乗り合い馬車を扱《あつか》う業者がないため、わざわざ経由地のドワーフの里にある馬車屋に配車をお願いした。農業都市エラルへもこの馬車で行く。

「俺達だけなら走った方が速いんだけどな」

ぽつりと本音を漏らす良一をココが窘める。

「良一さん、貴族なんですから、王女の昼食会に走って行ったら笑われてしまいますよ」

「確かに。こういう時は自前の馬車があれば便利か……」


道中は特に問題なく、昼食会の二日前にエラルに着いた。

今は収穫《しゅうかく》の時期と重《かさ》なるため、市場や露店《ろてん》など、町のあちこちに様々な野菜が積《つ》み上げられ、商人や農家の人々で賑《にぎ》わっている。

良一は宿を取った後、ギレール男爵に挨拶《あいさつ》するために一人で屋敷に向かった。

男爵邸は尖《とが》った屋根が特徴《とくちょう》の石造《いしづく》りの二階建てで、大多数の家が平屋建てのエラルの町では目立つ。敷地内には大きな蔵《くら》や別館もいくつかある。

「イーアス村にこれよりデカい屋敷を建てるのか……大丈夫なのか？」

門前で屋敷を見上げていると、門番の兵士が声をかけてきた。

「石川士爵、本日はどのようなご用件で」

男爵の館に来るのは今回で二回目だが、門番の兵士は良一の顔を覚えていたらしい。

「ああ、ギレール男爵にご挨拶をと。先日はご不在だったので、改めて伺《うかが》いました」

「ギレール男爵は会合の最中ですので、中でしばらくお待ちを」

兵士に案内されて応接室に入ると、元Aランク冒険者で家臣のマセキスが笑顔で出迎えた。

「お久しぶりです、石川さん。ご活躍は方々《ほうぼう》から聞いておりますよ。ともにドラゴンを討伐した時は、あなたがこれほどの武名を轟《とどろ》かせるとは思ってもいませんでした」

一緒にドラゴン討伐に当たったマセキスは、良一の活躍を自分のことのように喜んだ。

「いやいや、運が良かったんです。それと、仲間に恵まれました」

メイドが用意した紅茶を飲みながら、良一とマセキスは会話を続ける。

「久々のイーアス村はいかがですか」

「やっぱり落ち着きますよ。ただ、領主という立場だとゆっくり羽を伸ばすわけにもいきませんが」

「これから長い付き合いになるのですから、あまり肩肘《かたひじ》張る必要はないと思いますよ」

「そうですね。まあ、村長が優秀《ゆうしゅう》なので実務はほとんど任せきりですけど」

しばし近況を話していると、会合を終えたギレール男爵が家宰《かさい》のケロスを伴《ともな》って応接室に入ってきた。

「待たせたね、石川士爵。今日はよく来てくれた」

「ご無沙汰《ぶさた》しています、男爵」

立ち上がって挨拶する良一に、男爵は手で椅子《いす》を勧め、自《みずか》らも腰を下ろす。

すぐにマセキスが合図を出し、メイド達が紅茶や菓子を運んできた。

「前回は訪ねてきてくれたのに、不在にしていて申し訳なかったね」

「こちらこそ、ご都合も考えずに突然訪問してしまい、失礼しました。それから、イーアス村の領地の件はありがとうございました」

「なに、ホーレンス公爵から話を聞いた時は驚いたが、君になら任せられると思ってね」

「ありがとうございます」

「それで、村の統治《とうち》は順調かな？」

「まだまだ村長の手を借りてやっている次第です」

「それも手だ。長年村を切り盛りしてきたコリアス村長なら、間違いはない。村民からも受け入れられているみたいだね」

「顔見知りが多かったのが良かったのだと思います」

「上出来だよ。あの村は良質な木材の供給源《きょうきゅうげん》だ。基幹《きかん》となる産業があるから、領地経営はやりやすいと思うよ」

「精進《しょうじん》します」

紅茶を飲みながら会話をしていると、可愛《かわい》らしい女性がお代わりを運んできた。エプロンは着けず、シンプルなドレスを纏《まと》っているので、メイドというわけではなさそうだ。

「石川士爵、紹介しよう。私の次女のナシアだ」

「ナシア・レイカス・ギレールと申します」

スカートを摘《つま》んでペコリと頭を下げる仕草《しぐさ》からも、育ちの良さがにじみ出ている。

ナシアを隣に座らせ、男爵は話を続ける。

「そういえば、石川士爵は領主館を建てているそうだね。完成すれば屋敷の管理を任せる執事《しつじ》やメイドが必要になると思うが、村の人間を雇《やと》うつもりかね？」

「必要があればそのように考えています」

「確かに今はそれも良いが……この短期間で爵位を上げた君のことだ、私と同じ男爵になるのも時間の問題だろう」

「過ぎたお言葉です」

「そう謙遜《けんそん》するな。でだな、爵位が上がるほどに貴族同士の付き合いも増える。執事やメイドもそれなりに教育を受けた者が仕切らないといけない。貴族には古い習慣や面倒な儀《ぎ》礼《れい》がいくつもあるからね」

そう言うと、男爵は意味ありげに娘に目配《めくば》せして、こう切り出した。

「どうだね、このナシアを含めて何人か使用人を貸与《たいよ》したいと思うのだが……？」

「そんな、娘さんを預かるなんて！」

「なに、嫁にもらってくれと言っているわけではないんだ。才覚ある君のところで働くのが、娘の将来のためにもなると思ってね」

「しかし……」

良一は恐縮《きょうしゅく》して何度も断《ことわ》ったが、結局男爵に押し切られてしまった。

「――では、用意させておこう。ところで、ホーレンス公爵のところのキリカ嬢《じょう》が私の所有する別館に滞在されている。石川士爵の妹君とは親しかったのではないかね？　キリカ嬢も時間を持て余しているはずだから、顔を見せてあげたらいい」

「そうさせていただきます」

短い会合にもかかわらず、良一はどっと疲れを感じながら応接室を後にした。

一方、部屋に残った者達はというと……

「ナシア、あれが石川士爵だ。印象はどうだ」

「お話に聞くよりも普通の方みたいですね。ですが、不思議な力強さを感じました」

「そうだな。一見すると、どこにでもいそうな青年に見える。だが、彼は神に愛されているとでも言うか……」

「お父様が仰《おっしゃ》る意味がわかります」

「彼がお前の旦那候補《だんなこうほ》の筆頭《ひっとう》だ。彼ならば間違いなかろう。どうだ？　異論がなければ領主館に行き、寵愛《ちょうあい》を受けられるように励《はげ》みなさい」

　そんな父娘の会話を、ケロスとマセキスは黙《もく》したまま聞いていたのだった。

◆◆◆

　翌日、朝食を済ませた良一はモアを連れて別館のキリカを訪ねていた。

「キリカちゃーん、あーそーぼー」

　キリカは中庭でメイド達に囲まれていたが、モアの元気な声を聞くと小走りで近づいて来た。

「モア⁉　来ていたなら連絡をくれれば良かったのに！　せっかく〝これ〟があるんだから」

　キリカはそう言って、細い手首にはやや不釣《ふつ》り合いな腕時計型のデバイスを指差した。

　良一達が渡したこの腕時計型デバイスの通信機能を使えば、ある程度離《はな》れていても通話連絡ができるのだ。

「キリカちゃんをビックリさせようと思って」

「ビックリしたわ。でも嬉《うれ》しい。良一も元気そうね」

「ああ、元気だよ。キリカちゃんとは王都で別れた時以来だね。精霊魔法は上達した？　確か名前は……」

「クリスティーナとシャパーニュよ。あれから二人とはさらに仲良くなったの。お父様も褒《ほ》めてくれたわ」

キリカは契約した二体の精霊を呼び出して、良一達にも見えるように周囲に漂《ただよ》わせた。

「キリカちゃん、何して遊ぶ？」

「せっかく良いお天気なのに、部屋でトランプっていうのもなんかもったいないわね……」

「じゃあ、お姉ちゃんやマアロちゃんも誘って、皆でお散歩に行こうよ！」

「ふむ……遠くへは行けないけど、町に遊びに行くのも楽しいかもしれないな」

予定外の外出だったが、キリカの護衛《ごえい》も良一達の実力を知っていたのですぐに認められた。

良一は一度宿に立ち寄り、キャリーも含めた全員を誘って町に繰《く》り出した。

「キリカちゃんは、エラルに来るのは初めて？」

「そうね、お父様に連れられて二度ほど来たことがあるけれど、町に出たことはないの」

「そうなんだ。じゃあモアが教えてあげる」

モアとキリカを先頭に、一行は大通り沿いを中心に見て回る。護衛も含めると十人以上の大所帯《おおじょたい》なので、あまり狭《せま》い路地《ろじ》には入れない。

市場で熟《じゅく》した果物を試食したり、ジュースを飲んだりと、普段ではできないことをしているキリカはとても楽しそうだ。

「良一、モアに聞いたんだけど、今お屋敷を建てているそうね」

「そうだよ。俺には不相応《ふそうおう》なほどに大きな屋敷になりそうだけど」

「へえ、それは楽しみね」

「キリカちゃんも遊びに来てね！　モア達のお部屋もあるんだよ」

良一の苦笑には気づかず、子供二人は新しい屋敷の話で盛り上がる。

「モアからお誘いを受けたなら、行かないわけにはいかないわ！」

「じゃあ、屋敷が完成したら、キリカちゃんを招待するよ」

「この約束は絶対だからね、良一！」

しばらく食べ歩きや露店巡《めぐ》りを続けていると、正面《しょうめん》に大きな白い神殿が見えてきた。

「モア、あの神殿は知ってる？」

キリカが神殿を指差した。

「もちろん！　えっとね、農業の神様のね……モンド様の神殿」

「凄いわ、よく知ってるのね！　でもモンド様は農業と治水《ちすい》の神様よ」

「そうだった。ここでマアロちゃんと会ったんだよ」

モア達の会話を聞き、良一は〝そんなこともあったなあ〟と、懐《なつ》かしい気持ちで神殿を眺《なが》める。

モンドの神殿は、良一がスターリアに来て初めて訪れた神殿だ。

「そういえば、マアロはモア達の分のドーナツを食い漁《あさ》ったよな。まさかここまで一緒に旅を続けるとは思わなかったよ」

苦笑混じりの良一の言葉を聞き、マアロはなぜかしてやったりという表情で胸を張る。

「まさに運命の出会い。神のお導き」

話の流れで、一行は神殿に参拝《さんぱい》することになった。

「そういえば、良一はモンド様の加護《かご》を与えられているの？」

参道を進みながらキリカが疑問を口にした。

「いや、残念ながら与えられてないよ」

以前の参拝では、メア、モア、ココの三人は加護がついたが、良一にはつかなかったのだ。

「治水は領主にとって大切なことだから、領主達はモンド様を信奉《しんぽう》する人が多いの」

「確かに、治水は農業だけでなく、生活や安全にも関わるからな」

神殿は相《あい》も変わらず多くの参拝客で賑わっており、一行は長い待ち時間を覚悟していたが、少しすると神殿で働く男性が声をかけてきた。

「ホーレンス公爵様のご息女でしょうか」

「ええ」

「本日は参拝ですか？」

どうやらキリカの護衛騎士の鎧《よろい》に刻《きざ》まれている家紋《かもん》を見て判断したらしい。

「近くに寄りましたので、こちらの石川士爵とともに」

男性は良一に軽く会釈《えしゃく》しただけで、すぐにキリカへの対応を再開する。

「それはモンド様も喜ばれるでしょう。ささ、どうぞ中へ」

神殿に並ぶ一般参拝客の列を避《よ》けて、一行は神殿の中の特別な礼拝所《れいはいじょ》に通された。

「神官長がもうじき来ますので、祈りをどうぞ」

そう言い残して、男性は神官長を呼びに奥へと消えた。

このあからさまな貴族優遇《ゆうぐう》ともいえる対応に、珍《めずら》しくマアロは不機嫌さを露《あら》わにする。

傍目《はため》には普段と変わらぬ無表情だが、付き合いが長くなった良一達には彼女の苛立《いらだ》ちがよくわかる。

「神殿の原則に反する」

キリカも先ほどまでの楽しそうな雰囲気から一転、少し冷めた様子だ。

「ホーレンス家の一員といっても、私なんて継承権《けいしょうけん》が低いのに……」

「まあまあ、キリカちゃん。あのホーレンス公爵の娘だと知ったら、神殿の人の態度が変わっても仕方ないよ」

その後、キリカと良一だけが神官長から直々《じきじき》に祝福《しゅくふく》をしてもらったが……お布施《ふせ》も貴族料金で、一般参拝した時と比べて桁《けた》が一つ多かった。

エラルの観光を終えた一行は、ギレール男爵の別邸《べってい》に戻り、しばらくトランプで遊んだのだった。

◆◆◆

「ココ、俺の髪、跳《は》ねてないか？」

「完璧《かんぺき》に整っていますよ」

「じゃあ、少し早いけど行ってくるよ。モア達の面倒はよろしく」

「いってらっしゃい」

翌日の昼前、良一はスマル王女の昼食会に参加すべく、礼服に身を包んで男爵の館に向かった。

一通り身だしなみを確認した後、門番の兵士に招待状を見せて中に入る。

早く来すぎてしまったらしく、見事に飾《かざ》り付けられた広間には良一以外にはまだ誰もいなかった。しかし、時間とともに招待客が増えていき、ドレスを纏ったキリカも姿を見せた。

公爵の娘ということもあって、彼女はすぐに注目の的《まと》になり、多数の貴族に囲まれる。

キリカはそんな人々とそつなく挨拶をかわし、談笑《だんしょう》しているが、良一にはどこか退屈そうに見えた。そこで彼は、少しだけからかってやろうと思いつき、多くの人々に紛《まぎ》れ込んでキリカに声をかける。

「キリカ様」

「あら、石川士爵、ご機嫌よう」

「今日は一刻も早くキリカ様にお会いしたいがために、一番に参上いたしました」

「昨日お会いしたばかりなのに？」

悪ふざけに気づかず、キリカはパチクリと瞬《まばた》きする。そこで良一は、メアのために購入した物語本に出てくるキザな青年貴族の台詞《せりふ》を借りて、さらに続ける。

「キリカ様と会えない一夜は、一年にも匹敵するのです」

「……つまり、石川士爵は毎日私に会いたいというのね？　結婚のお誘いかしら？」

ようやく良一の意図に感づいたキリカは、一瞬ニヤリと笑《え》みを浮かべ、一枚上手《うわて》の返しをした。

「えっと、それは……」

予想外の返答にしどろもどろになる良一を、キリカはチョイチョイと手招きで呼び寄せ、耳元で囁《ささや》く。

「私をからかうなんて、良一も成長したのね。なら、私からもお返しよ」

キリカは突然良一の胸を軽く押して離れると、芝居《しばい》がかった仕草で顔を隠《かく》す。

「そんな⁉　石川士爵、いずれ貴族位を上げて私を必ず娶《めと》るなんて⁉　皆さんの前でこんなに熱烈なアプローチ……」

「いやいや、違っ――」

キリカは良一の言葉を遮《さえぎ》って言葉を続ける。

「何が違うのです？　ここにいる皆さんだって聞いたはずです」

周囲の人もキリカのジョークだと理解しながらも、この茶番に乗ってくる。

「さすが石川士爵、豪気《ごうき》ですな。ドラゴンスレイヤーの名は伊達《だて》ではない」

「確かに。亡者の丘で不死の王を討《う》ち果たしたという強者は、我々とは違うようだ」

いよいよいたたまれなくなってきた良一は、降参《こうさん》とばかりに両手を上げる。

「完敗です。参りました」

「あら完敗だなんて、何も争《あらそ》っていませんよ？」

良一がガックリとうなだれたところで、ようやくキリカの口元に笑みが戻った。

「ふふふ、これ以上石川士爵をからかうのはスマートではありませんね」

そんな絶妙《ぜつみょう》なタイミングでスマル王女到着の知らせがもたらされた。

昼食会の参加者が王女を出迎えようと扉の付近へと集まる中、良一は疲労感から一歩遅《おく》れてしまう。

周囲に人がいなくなったところで、その場に留《とど》まっていたキリカが改めて小声で話しかけてくる。

「良一が先に仕掛けてきたのだから、自業自得《じごうじとく》よ？　こうなることも覚悟の上でしょう？」

「それにしても、もう少しお手柔《やわ》らかにしてほしいよ」

「だったら、もっと女性への対応能力を上げることね」

年下の少女のものとは思えぬ言葉に、良一はため息をつくことしかできなかった。

そうこうしているうちに扉が開き、スマル王女が姿を現わした。

王女は歓声に包まれながら、ギレール男爵にエスコートされて広間の中央に向かう。

メア達とほとんど歳《とし》が変わらないのに、その振る舞いは堂々としていて、王家の気品を感じさせる。

このタイミングで全員がグラスを手に取りはじめたので、良一も手近なグラスに手を伸ばした。

「スマル王女様の農業都市エラル御幸《ごこう》と、カレスライア王国の栄光を祝して、乾杯《かんぱい》」

「「「乾杯」」」

男爵が乾杯の音頭《おんど》を取り、パーティーが始まった。

爵位が上の人から順にスマル王女に挨拶をしていく流れらしく、早速人だかりができている。

良一も王国貴族として挨拶しなければならないが、あの貴族達の輪《わ》に加わる元気はないので、そのままキリカと会話を続ける。

「ああやって、訪問先でも貴族や有力者に囲まれるのは疲れそうだな」

スマル王女は一言でも会話をしたいという貴族に囲まれているが、笑顔を絶《た》やさずに相手を務《つと》めている。

「人望を集めるには、愛想《あいそ》良くするしかないわ」

「大変なんだな……」

しばらく料理を食べながら雑談をしていると、スマル王女の周りの人が若干《じゃっかん》落ち着きはじめたので、良一も挨拶に向かった。

「こちらは私の領地でも有数の職人が作りました寄木細工《よせぎざいく》で、王都でも大変好評を頂いております」

「スマル王女様、我が領地の名産である林檎《りんご》をどうぞお召《め》し上がりください」

「ええ、ありがたく頂きますわ」

どうやら皆スマル王女に奉献品《ほうけんひん》を献上《けんじょう》しているらしいが、あいにく良一は何も持ってきていない。

どうしたものかと悩《なや》んでいると、目の前にちょうど一人分のスペースが空き、スマル王女と視線が合ってしまった。

ニッコリと微笑《ほほえ》みを浮かべる王女に会釈《えしゃく》を返したところで、すぐに他の者が割り込んできたので、結局一言も話さずに終わった。

「一応、顔見せは済んだから声掛けは良いかな？　うん。士爵程度が長々と話すのも変だし、大丈夫だな」

一人でそう結論付けた良一だったが、すぐに王女の側仕《そばづか》えが歩み寄ってきた。

「石川士爵、スマル王女様から折り入ってお話があるそうで、後ほど別室にお越しいただけますか？」

「は、はあ。かしこまりました」

さすがに王女の呼び出しは断れないので、良一はなんの用件だろうと訝《いぶか》しみながらも、首を縦《たて》に振るしかなかった。

「何を話していたの？」

良一が戻ってくると、キリカは興味津々《きょうみしんしん》の様子で尋《たず》ねた。

「いや、王女とは話せなかったけど、側仕えの人が、あとで別室に来いってさ」

「良一も色んな人から注目されて大変ね。私は昼食会が終わったらモアと遊びたいわ。明日公都に戻る予定なのよ」

「モアも退屈しているから、喜ぶと思うよ」

「じゃあ、私から皆に連絡しておくわ。良一も頑張《がんば》ってね」

「頑張るよ」

昼食会がつつがなく終わり、招待客達が男爵邸を後にする中、良一は一人で指定された別室へと向かう。

扉の前には護衛の騎士が二人立っており、物々しい雰囲気だ。

室内にはまだ王女の姿はなかったものの、しばらく座って待っていると、数分もしないうちにノックの音が響《ひび》いた。

気疲れでぼーっとしていた良一は、慌《あわ》てて立ち上がってスマル王女を迎える。

数名のメイドを伴って現れた王女は、先ほどまでと変わらぬ凛《りん》とした立ち姿で、疲労の色は一切窺《うかが》えない。

「お呼び立てしてすみません。こうしてお話しするのは、メラサル島に到着した時以来ですね」

「お声がけいただき光栄です。スマル王女様もお変わりなく」

「毎日会食ばかりで、少し太ってしまったかしら？」

「そんなことはありません。相変《あいか》わらずお美しいと思います」

「あら、お上手ですね。でも私の歳なら、美しいよりも可愛いと言っていただいた方が嬉しいですわ」

「それは……その、失礼しました」

下手《へた》なごますりを簡単に見破《みやぶ》られ、経験不足な良一はそれ以上言葉を続けられなかった。

「私がちょっと意地悪しただけです、どうか謝《あやま》らないでください。石川士爵はスレた王都の貴族と違って純朴《じゅんぼく》そうなので、つい」

小さく舌を出して笑う姿は可愛らしく、年相応の少女に見えた。

王女が腰を下ろしたので、良一もソファに座りなおす。

「石川士爵は、諸外国についてどのようにお考えかしら？」

「外国ですか？　不勉強で申し訳ないのですが、あまり……。北東のセントリアス樹国と北の大国であるマーランド帝国について少し知っているくらいです」

大陸の南端に位置するカレスライア王国が陸地で接しているのは、北東にあるセントリアス樹国と、北のマーランド帝国、北西のディッセルフ王国の三国だけだ。

「実は、近々私は兄の第三王子ケイレトロスとともにマーランド帝国に留学することになっております。今回のメラサル島への往訪《おうほう》は、この予行演習も兼《か》ねているのです」

「なるほど」

彼女の話によると、この留学は両国の関係が緊張《きんちょう》状態から脱したというアピールも兼ねているらしい。

「以前もお話ししましたが、私はこの国の女王を目指しています。そのためには国内のみならず隣国との関係も重視《じゅうし》しなければなりません。帝国の有力者と親交を深め、パイプを築《きず》ければ、王位継承者の中でも存在感を示せます」

「話の流れからすると……その帝国行きに同行してほしいと仰りたいのでしょうか？」

「正解です」

王女はニコニコと可愛らしく微笑みながら、小さく拍手《はくしゅ》する。

「停戦から三十年あまり経っているとはいえ、当時戦争に参加した貴族や国民もまだ多くいます。その方々にとっては感情的に割り切れないことも多々あります」

「友好路線に反対していると？」

「表立って反対はしておりません。両国ともあの苛烈《かれつ》な戦争を繰り返したいとは思っていませんからね。でも、仲良く手を取り合って、というわけにも……」

民間レベルでの交流や交易は再開されているが、貴族が国境を越えるにはいまだに厳《きび》しい条件が課されるらしい。

「色々と複雑なのですね」

スマル王女は紅茶を一口飲んで、渇《かわ》いた喉《のど》を潤《うるお》す。

「留学に際し、私達兄妹は懇意《こんい》にしている貴族を数人同行させることができます。石川士爵にはそのうちの一人になってほしいのです」

「しかし、私も領地を賜った身、同行するとしても帝国で長期間生活するのは難《むずか》しいのですが……」

「私は三年ほど滞在する予定ですけど、石川士爵は二ヵ月ほど帝国に滞在していただくだけでかまいません」

「その二ヵ月で、自分は何をすれば？」

「実力を示していただきたいのです。ドラゴン討伐や亡者の丘の解放――王国にはこれほどの若き力があるのだと。石川士爵がご多忙なのは承知《しょうち》の上ですが、どうか一考ください」

良一としても主神の課題で各地の神殿に参拝しなければならないので、いずれマーランド帝国には行く必要がある。貴族が国境を越えるのは条件が厳しいというならば、この機会に便乗《びんじょう》するのも手だという結論に至り、首を縦に振った。

どの道、下級貴族の彼が王女の頼みを無下《むげ》にするわけにはいかないのだ。

「二ヵ月ですね。その条件でしたら、同行させていただきます」

「良い返事が聞けて嬉しいです。出発の日取りが決定したら、連絡いたしますね」

スマル王女の満面の笑みを背に、良一は男爵の館を後にした。

そのままキリカの滞在する別邸に向かい、モア達と合流した良一は、早速帝国行きについて切り出した。

「——というわけで、マーランド帝国への留学に同行することになりました。けど、この機会に帝都マーダリオン近隣にある主神の神殿に行きたいと思っています」

良一は皆の意見を聞かずに一人で決めてしまったので不満が出るか心配していたが、むしろメア達は乗り気らしい。

「モアも行く！」

「良一兄さん、私も帝国に行ってみたいです」

真っ先に手を挙げた姉妹に対抗して、マアロも立候補する。

「妻として、夫についていくのは当然」

「同行者は申請すれば大概《たいがい》大丈夫らしいから、一緒に行こうか。ココ達はどうする？」

「帝国にも有名な修練場《しゅうれんじょう》がありますし、同行したいです」

「もちろん、私も同行させてもらうわ」

キャリーもそう言って厚《あつ》い胸筋《きょうきん》を叩く。

みっちゃんも従者として同行するので、結局いつものメンバーで帝国へ行くことになった。

しかし、面白《おもしろ》くないのは一人蚊帳《かや》の外に置かれているキリカだ。

「良一、私も行くわ」

勢いで口走るキリカを、良一が窘める。

「さすがにキリカちゃんは連れて行けないよ」

「モアは良いのに、私はダメなの？」

「俺が許可しても、公爵様が認めないだろう」

キリカの後ろに立つ使用人達も〝わかっていますよね？〟と、無言のプレッシャーをかけてくる。しかし、それでもキリカは食い下がる。

「じゃあ、お父様が許可をくれたら良いのね？」

「うーん。もしそうなったら、一緒に帝国に行こうか」

「言質《げんち》は取ったわ。許可がもらえたら良一が守ってくれるのよね？」

「そこまでは言って――」

「わーい、キリカちゃんも一緒に行こう！」

貴族の渡航《とこう》に制限がかかっている以上、そうそう許可は下りないだろうと良一は思っていたが、楽しそうに帝国行きについて話すキリカ達を見て口をつぐんだ。

そうしてしばらく帝国の話で盛り上がってから、良一達は夕方前に宿へと戻ったのだった。

◆◆◆

翌朝、良一達はキリカのいる別邸の前に集合していた。

エラルを出るタイミングが同じだったので、公都まではキリカの護衛がてら馬車に便乗させてもらうのだ。

公都でキリカと別れた後は、貿易港ケルクに向かい、そこから船でココノツ諸島のゴグウ島を目指す。

みっちゃんの有するデータによると、そこに良一が求める上下水道設備の遺跡が眠《ねむ》っているらしい。

「おはよう、キリカちゃん。途中までだけどよろしくね」

「道中の話し相手ができて嬉しいわ」

メアとモアはキリカと同じ馬車に乗って、二台目には良一とみっちゃん、ココとマアロとキャリーが乗り込んだ。

道中は村のインフラ整備計画についての話し合いにあてて、時間を有効利用する。

良一の悲願《ひがん》である上下水道の整備が終われば、ドワーフの里までの道路整備や公共施設の拡充《かくじゅう》なども視野に入ってくる。

みっちゃんはインストールされている膨大な知識を元に様々なプランを提示するが、都市計画など門外漢《もんがいかん》の良一は、話を聞くだけで精一杯《せいいっぱい》だった。

論議《ろんぎ》を進めているうちにあっという間に時間は過ぎ、公都グレヴァールが見えてきた。

別れを惜《お》しむキリカの誘いで、良一達は公爵邸でお茶を飲みながら一息つくことになった。

屋敷に馬車が到着すると、娘の帰りを待ちわびていた公爵が早速顔を見せる。

「おかえり、キリカ。石川士爵もご苦労だったね。道中の護衛に駆《か》り出すような真似《まね》をして、すまなかった。領地の運営は順調かね？」

「公爵様。こちらこそ、馬車を手配いただき、ありがとうございます。イーアス村は、村長の力を借りながらなんとかやっている次第です」

挨拶も早々に、キリカは待ちきれないとばかりに話を切り出す。

「お父様、少しいいですか？」

「なんだい、キリカ」

「小耳にはさんだのですが、スマル王女が帝国に留学する話があるそうですね」

その言葉を聞いてキリカが何を言いたいかピンと来たようで、公爵はチラリと良一の方を見る。

「ああ、私もその実現に協力しているよ」

「スマル王女から石川士爵がお誘いを受けたそうなのですけれど、私もそれに同行したいの」

「そうかい、行ってくるがいい」

二つ返事で了承《りょうしょう》した公爵に驚き、良一は思わず聞き返す。

「公爵様、本当に良いのですか？　僭越《せんえつ》ながら申し上げますが、危険なのでは？」

「なに、二ヵ月の滞在だろう？　それに帝国には石川士爵と優秀な方々が行くのだ、心配はない」

良一が何も言っていないのに二ヵ月の滞在だと知っているあたり、公爵はすでに詳細を把握《はあく》しているらしい。そして、良一の対応やキリカの行動も予想の範囲内というわけだ。

おそらく、すでに根回しは済んでいるのだろう。

良一よりも長く貴族生活をしているキリカは、一瞬でそれを理解した。

彼女はしてやったりという笑顔を良一に向ける。

「良一、モア、帝国が楽しみね」

「楽しみだね～」

公爵は娘の笑顔を満足そうに眺めて頷く。

「石川士爵がいれば間違いなかろう。それに、キリカにも良い経験になる。よろしく頼むよ」

「……承知しました」

ここまで外堀を埋《う》められると、良一も観念せざるを得ない。

「ところで、近日中に王都から亡者の丘解放の報賞金《ほうしょうきん》や見つかった財宝の分配金などが届く予定だ。また寄ってくれれば、その時に渡そう」

「わかりました。ココノツ諸島からの帰りにでも、寄らせていただきます」

「では、ゆっくりしていってくれたまえ」

その日出されたお茶は、良一にとっては少し苦《にが》いものになった。

◆◆◆

公都を出発し、メラサル島で一番の貿易港ケルクに着いた良一達は、港でココノツ諸島への直行便を探した。

民間の船舶《せんぱく》は国営の定期連絡船と比べて設備が悪く、転覆《てんぷく》や遭難《そうなん》の確率が高いため、安全に行くなら時間がかかっても大陸南端のクックレール港経由が良いとされている。しかし、精霊の力を鍛《きた》えた今の良一達ならば、たとえ嵐《あらし》に遭《あ》っても魔法を駆使《くし》して生還《せいかん》できるだろう。

何社か声をかけて回ると、民間業者の中でも歴史のある会社がココノツ諸島のサングウ島行きの船を出しているのが見つかった。高級品の運搬を主目的とする船であるため客室は少ないが、旅客も乗せてくれるらしい。

公爵の紹介状を見た船長は、一行が海賊バルボロッサの討伐で活躍した良一達だと知り、快《こころよ》く乗船を受け入れてくれた。

「船長さん、よろしくお願いします」

「海賊を討伐してくれた士爵様のためなら、お安いご用ですぜ。何ぶん客船じゃないもので、狭いのは勘弁《かんべん》してください」

赤黒く陽に焼けた船長は厳《いか》つい顔を綻《ほころ》ばせ、良一達を船室に案内する。

「ココノツ諸島へは旅行で？」

「まあ、そんなところです。仲間のココの故郷でもあるので」

「そうですかい。今の時期は良い風が吹いているんで、順調に行くと思いますよ」

すでに荷物の積み込みは終わっているらしく、良一達が乗り込むと、船は早々に出港した。

王女のカレスライア号や国営の大型客船とは違い、小型快速船は波の影響を受けやすくて揺《ゆ》れが大きい。事前に酔い止めの薬を渡していたにもかかわらず、沖に出るとメアが船酔いでダウンしてしまった。

良一が甲板に上がると、船長が心配そうに声をかけてきた。

「士爵様、妹さんの具合はどうですかい？」

「今、仲間の回復魔法を受けて休んでいます」

「すみません、国営の船と違ってスピード重視なもんで。小さい子にはキツいかもしれませんね」

「いえ、かまいませんよ。ところで船長、精霊魔法で揺れを軽減《けいげん》させてもいいですか？」

「ええ、もちろんです。思う存分やってください」

船長の許可を得られたので、良一は早速自分の契約精霊を呼び出す。

「リリィ、プラム、力を貸してくれ」

良一の呼びかけで、二体の精霊が良一の胸元から飛び出してくる。緑の光の球体が風の精霊リリィ、青い光の球体が水の精霊プラムだ。

『任せなさい。私が風を吹かせればすぐ着いちゃうわよ』

『思う存分力を発揮して、波を静めますよ』

二体が良一の魔力を使って精霊魔法を行使すると、すぐさま船の周囲に変化が現れた。

次第に波が弱まり、海面は凪《な》いで穏《おだ》やかになるが、帆《ほ》はリリィが起こした風で破《やぶ》れんばかりにパンパンに膨らんでいる。

そんな特殊《とくしゅ》な状態なので、船は全く揺れないのに信じられないほどのスピードで海面を走っていく。

「これは凄い。海軍がてこずった海賊を討伐しただけはありますな。お前ら、士爵様の助力を無駄《むだ》にするなよ！　帆の向きの調整を急げ」

船長の号令で船員達が甲板上を慌ただしく動き回る。

「疲れたらすぐに休んでください」

「わかりました。無理しない範囲でやります」

そう返事をしながらも、良一は日が暮《く》れるまでぶっ通しで魔法を行使し続け、船員達に驚愕《きょうがく》の目で見られることになった。

とはいえ、さすがに暗くなると視界が悪くて危険なので、夜の間は自室で休む。

部屋に引き上げる前に、見るからに上機嫌な船長が声をかけてきた。

「いやあ、士爵様のおかげで大分日程が短縮《たんしゅく》できそうです。今日一日で二日分は進んだ計算です」

「元々は一週間の予定でしたよね」

「ええ、明日もご助力いただけたら、さらに早く到着します」

「もちろん、そのつもりですよ」

船長に別れを告げて客室に戻ると、マアロが人差し指を口に当てて静かにするようにジエスチャーで伝えてきた。

「マアロ、看病ありがとう。メアの体調はどうだ？」

どうやらメアはもう寝ているらしく、顔色も昼間より良くなっている。

「陸に上がれば治《なお》る」

マアロも少し気持ち悪いそうだが、我慢《がまん》できる範囲のようだ。

「まあ、揺れを抑《おさ》えたといっても、結構ふわふわするからな……」

一方、モアは隣の部屋でココに抱《だ》き着いたり、キャリーのたくましい腕にぶら下がったりして、元気に遊んでいる。彼女は平気らしく、むしろ狭い船内で体力を持て余し気味の様子だ。

「モアは元気だな。でも、もう寝る時間だぞ」

「えー、良一兄ちゃんも遊ぼうよ」

良一に一日構ってもらえなかったモアは、頬を膨らませて不満を露わにする。

「仕方ないな。あんまりうるさくするとメアが起きちゃうから、皆でトランプをしよう」

それからしばらくババ抜きをして遊び、床《とこ》に就いた。

夜間は精霊魔法のアシストがなくて揺れが大きいので寝つきが悪かったが、疲労もあっていつの間にか眠っていた。

◆◆◆

翌日以降も良一が精霊魔法を使い続けたおかげで、船は予定よりも三日早くココノツ諸島に到着した。

本来船はサングウ行きだったが、船長の厚意《こうい》で直接ゴグウ島まで送り届けてもらえたため、乗り継《つ》ぎの手間が省《はぶ》けた。

「わざわざゴグウ島まで送っていただき、ありがとうございます」

「なんの。士爵様のおかげで日程が短縮できたんだから、このくらいは当然ですよ。是非帰りもウチの船に乗っていってください」

船長達に別れを告げ、一行は港にほど近い宿に向かった。

「地面がありがたいです」

久々に地面に足をつけたメアが、瞳を潤《うる》ませながら実感のこもった言葉を漏らした。船室で会話をできるほどには回復していたものの、やはり陸地は安心するらしい。

「さて、随分早く着いたけど、今日は休んで明日から目的地に行こうか」

メアはもちろん、マアロも少し我慢していたそうなので、無理は禁物《きんもつ》だ。キャリーとみっちゃんが宿に残って二人の世話をし、良一とココはモアを連れて外に出ることにした。

「この三人の組み合わせは珍しいな」

「そういえばそうですね。いつもならここにメアちゃんかマアロがついてきますからね」

「最近だと秘書役でみっちゃんも高確率でいるな」

「良一兄ちゃん、ココ姉ちゃん、手を繋《つな》ごう！」

モアにせがまれ、良一とココは両側から手を繋いだ。

狭い船から解放されて存分にお散歩できるとあって、モアは上機嫌に鼻歌を口ずさむ。

しばらくぶらぶらと町を歩いていると、露店のおばちゃんに声をかけられた。

「そこの若いご夫婦、旬《しゅん》の柿《かき》はいらんかね？　娘さんも喜ぶよ」

しかし、良一はまさか自分のことだとは思わず、そのまま素通《すどお》りしてしまう。

「おや、そこの黒髪の旦那さんに犬耳の奥さん。柿はお嫌いかい？」

そこまで言われてようやく自分達が声をかけられているのだと理解して、三人は足を止めた。

「お安くするから買っていかないかい」

「お……俺達、夫婦じゃないんですよ」

「あらそうなのかい。とてもお似合いだったから、つい間違えてしまったよ」

照《て》れくささから言い訳する良一だったが、露店のおばちゃんが火に油を注《そそ》いだせいで、ココとの間に変な空気が流れる。同じタイミングで視線を交わし、バッチリ目が合ってしまった。

「ほら、息がピッタリじゃないか。さあさあ、美味《おい》しい柿を娘さんに買ってあげておくれよ」

いつもならマアロが割り込んでこういう雰囲気はすぐに霧散《むさん》するのだが、今日はいない。

早くこの場を離れたい一心で、良一はおばちゃんに言われるがまま、柿を買ってしまう。

「じゃあ、幸せそうなカップルにおまけをしておくよ」

結局最後までからかわれ、良一達はそそくさと露店を後にしたのだった。

モアは二人の気まずさなどどこ吹く風で、手に取った柿にかぶりつく。

「美味しい！　良一兄ちゃんとココ姉ちゃんも食べなよ」

「そ、そうだな、ほらココも」

「ありがとうございます」

無邪気《むじゃき》なモアに促《うなが》され、柿を差し出す良一。しかし、こういう時ほど上手くいかないもので、互《たが》いの手が触《ふ》れ合ってしまう。それで照れるほど二人とも若くはないが、互いに意識して妙《みょう》な汗が出てくる。

「さて、腹も膨れたし、少し早いけど宿に戻るか。皆にも柿を分けてあげよう」

しばらく黙って宿への道を歩いていると、ココがポツリと呟いた。

「私達は夫婦に見えるんですかね？」

「え？」

「いえ、先ほど露店で……」

「ああ、そう見えたみたいだね。モアが娘だって言うんだから驚いたよ。どっちにも似てないのに」

「……でも、良一さんとなら、悪い気はしませんね」

冗談めかした良一の言葉に対して、ココの返事は少し意外なものだった。

子供っぽいマアロやキリカと違って、同年代のココがこういうことを言うと、さすがの良一もドキリとする。

「えっと……ありがとうでいいのかな？」

「そうですね」

「良一兄ちゃんとココ姉ちゃん、なんか変」

甘酸《あまず》っぱい空気を醸《かも》し出したまま宿に戻ると……

「変な雰囲気は禁止」

良一を見るなり、マアロが足音を響かせて飛びかかってきた。

「マアロ⁉」

「妻の目を盗《ぬす》んで何をしている」

「誰が妻だよ」

マアロが突入するお決まりのやり取りにより、ようやくいつもの空気に戻った。

その瞬間、笑いが込み上げてくる。

「はははは、悪い悪い、マアロ」

「ええ、ごめんなさい」

「わかればいい」

良い雰囲気になっても、結局最後はいつも通りに終わる、ココと良一だった。

◆◆◆

「さて、目的地に行こうか」

みっちゃんの案内に従い、一行はゴグウ島の遺跡を目指す。

「前にハチグウ島でみっちゃんの体を取りに行った時は、妙な忍者に襲われましたよね。一応、警戒《けいかい》しておきましょう」

良一は歩きながらキャリーとココに警戒を促した。

「大丈夫だとは思うけど、念には念をね」

「まあ行きましょうか」

そうして港を出て田舎《いなか》道を歩き続ける。

海の近くは雑然《ざつぜん》とした木々が目立っていたが、少し離れると田んぼや畑が多くなってきた。

「立派な田んぼや畑が多いけど、モンスターに荒らされたりはしないのかな?」

「ゴグウ島を治めるタケダ家の侍衆《さむらいしゅう》が毎日巡回《じゅんかい》していますし、農家の方も自分でモンスターを倒して被害を防ぎますから」

「そうなんだ」

そんな話をしていると、前方から魔物の唸《うな》り声と戦闘の音が聞こえてきた。

「誰かが戦っているみたいですね」

「メアちゃんとモアちゃん、気を付けてね」

ココとキャリーが一気に緊張を高め、武器に手をかける。

注意しながら音のする方へ進むと、一行が到着する前に戦闘にけりがついたらしく、騒《さわ》ぎは収まっていた。

戦闘が行われたと思《おぼ》しき場所に辿《たど》り着いた。

そこに立っていたのは、鷲鼻《わしばな》にとても大きな耳の、特徴的な外見の男性だった。

「おや、助力ですかな？　しかし、魔物は某《それがし》が討伐したゆえ、安心めされい」

良一達の足音に気づいて男性が声をかけてくる。

身長はキャリーと同じかそれ以上に大きく、黒色の着流しの上からでも、全身を覆《おお》うはちきれそうな筋肉の凹凸《おうとつ》がわかる。

その偉丈夫《いじょうふ》に見覚えがあるのか、ココが名前を口にする。

「あれ……スロントさん、ですか？」

「その声、それにその耳。もしやココ嬢か？　いや大きくなられた」

どうやら顔見知りだったらしく、男もココを見て破顔《はがん》した。

「お久しぶりですね、もう十数年前ですか」

「そんなになるか、可憐《かれん》なお嬢さんが、今や立派な淑女《しゅくじょ》になられて」

「スロントさんこそ、お元気そうで。こちらは今一緒に旅をしている皆さんです」

ココは懐かしそうに笑みを浮かべ、良一達を一人ずつ紹介した。

「某はスロントと申す。以前はココ嬢の道場のお世話になっていたが、今は流浪《るろう》の身。己《おのれ》を鍛える旅の途中にござる」

「良一さん、前に狗蓮流《くれんりゅう》の道場に重力魔法を使える人がいたってお話をしたことがあると思いますけど、それがこのスロントさんです」

「そうなんですか、じゃあお強いんでしょうね」

「まだ武の道の半《なか》ばでござる」

スロントは謙遜するが、周りには十以上のモンスターの死体が転《ころ》がっている。全て彼の仕業《しわざ》らしい。良一達の視線に気づいたのか、スロントが切り出した。

「ちと幼子《おさなご》には刺激が強いか……。この先に某が宿泊している宿がある。日が暮れる前に一緒に参らぬか？」

「そうですね、そうしましょうか」

良一が承諾《しょうだく》するとスロントも頷いて、モンスターの死骸《しがい》を一箇所《いっかしょ》に集める。

「血の臭いでモンスターが集まるゆえ、処理せねばならぬが……できれば幼子達の目を塞《ふさ》いでもらいたい」

良一とココがメアとモアの目を塞いで視線を遮ったのを見計《みはか》らって、スロントはモンスターの素材を剥《は》ぎ取り、重力魔法でモンスターの死体を圧縮《あっしゅく》した。

確かに、直視するとなかなかグロテスクで、精神的に応えるものがあった。

「かたじけない。では行こうか」

スロントはそう言って、素材を藁《わら》の縄《なわ》でまとめて肩に担《かつ》ぐ。

「後処理としては完璧ね」

キャリーが指摘した通り、先ほどまで漂っていた血の臭いは一切なく、そこで戦いがあった痕跡《こんせき》は綺麗《きれい》に消えていた。

一行はスロントの案内で小さな農村へと辿り着いた。

村の入り口では農民が持ち回りで務めていると思《おぼ》しき門番が、守りを固めていた。

「お帰りなさいスロントさん。後ろの方々はお知り合いかな」

「某がかつて世話になった道場の娘殿《どの》と、そのお仲間さんだ」

「そうですか。身分を証明できるものはあるかい？」

良一が貴族のメダルを見せると、門番は少し驚いた様子で、入村金なしで村へと入れてくれた。

スロントも貴族だとは思っていなかったらしく、少しばかり恐縮している。

「石川殿は士爵であらせられたのか」

「いえいえ、爵位を授《さず》かったばかりの下《した》っ端《ぱ》ですし、どうか普通に接してください」

「良一さんは精霊術師で、王国東部の亡者の丘を解放した立役者《たてやくしゃ》なんですよ」

ココが得意げに良一を褒めたたえる。

「なんと、それは凄い。是非一度お手合わせを願いたいものだ」

スロントに案内された宿はとても小さく、良一達七人が泊まるには部屋数が足りなかった。

部屋の大きさもシングルベッドが二つと荷物を置くための台があるだけで一杯なので、余裕がない。

良一は宿の主人と掛け合って、倉庫の一画を使わせてもらうことで手を打った。

「メアとモアとマアロとココはベッドで寝なよ。俺とキャリーさんとみっちゃんは、倉庫にテントを張って寝るよ」

「あいや、待たれよ。そちらの女性を倉庫に追いやるのは気の毒というもの。どうか某の部屋のベッドを使われよ」

みっちゃんは機械の体なのでそもそも睡眠《すいみん》が必要ないのだが、それを知らないスロントは気を遣《つか》って部屋を譲《ゆず》ると言い出した。

「そんな、悪いですよ、スロントさん」

「なに、ご覧《らん》の通り体は頑丈《がんじょう》でござる。それに、ちょうど某も実力者の方々と話したいと思っていたところ。是非、石川士爵やキャリー殿と一緒に夜を明かしたい」

「まあ、そう言うなら」

言葉だけを聞くと貞操《ていそう》が危《あぶ》ない感じがするが……武人として話がしたいという意味だと判断し、良一は頷いた。

「私も構わないわよ」

キャリーの了承も得られ、寝る場所が決まったので、スロントと一緒に夕食を食べることにした。

スロントには嫌いな食べ物はないそうなので、良一はだいぶ前に作っておいたシチューをアイテムボックスから出して、各自の器《うつわ》に取り分ける。

「いやかたじけない。某も料理はするが、所詮《しょせん》は男の料理。幼子に出せるほどの腕前ではなく」

「ベッドを譲っていただいたお礼です。たくさん食べてください」

深皿によそったシチューにパンとサラダを添《そ》えて、モアがスロントに手渡す。

「はい、良一兄ちゃんのシチューは美味しいよ」

「ありがとう、モア嬢。とても良い香りだな」

作り置きといっても、アイテムボックス内では出来たての状態のまま保存されているので、シチューからは食欲を誘う湯気《ゆげ》が立ち上っている。

「スロントさんは獣人さんですよね？」

そんな中、メアが遠慮《えんりょ》がちに質問した。

「左様《さよう》。某は象《ぞう》の獣人である。それゆえに、鼻や耳が大きいのである」

スロントは鼻や耳をピクピクと動かした。

「「ワァー！」」

そんなお茶目《ちゃめ》な行動を見て、メアとモアが歓声を上げる。

二人の反応に気を良くしたのか、スロントはさらに鼻と耳を大きく動かす。

「メアちゃんにモアちゃんも、遊んでいたらご飯が食べられないわよ」

「えへへ、はーい」

キャリーに窘められながらも、スロントを中心に食事は楽しく進む。

スロントはシチューを大層気に入ったらしく、その体格に見合うだけの食欲を発揮《はっき》して、大盛り五杯を平《たい》らげた。

ココにメア達を寝かしつけてもらっている間に、良一達男性陣は手分けして食器の片付

けをする。

「ココ嬢も成長された。時の流れを実感する」

「スロントさんはココの実家の道場の門下生《もんかせい》だったんですよね？」

「門下生というよりも、ココ嬢の父上であるトシアキ殿に頼み込んで稽古《けいこ》をつけていただいた、といったところだ」

スロントは当時を懐かしむように遠い目をしながら、饒舌に語り出す。

「落ちぶれはじめた御家《おいえ》をなんとか再興《さいこう》するために、実力を高めたいと考えていた折に、狗蓮流のトシアキ殿に声をかけられたのでござる」

「それで、御家再興は果たせたの？」

キャリーも興味があるらしく、スロントの話に耳を傾《かたむ》けている。

「いや、武者修行《むしゃしゅぎょう》の傍らに算盤《そろばん》や治水術なども学んで諸国を渡り歩いていたが……ある年の長雨で、我が領地は大きな山崩《やまくず》れに遭ってしまったのだ。復興《ふっこう》もままならず、領民もいなくなった」

「それは気の毒ね」

「御家のためにと頑張っていたが、領民なくして領主なし。まあ、自分のためだけに武者修行を続ける今のほうが気は楽でござるよ」

あっさりしているようではあるが、一切の迷《まよ》いなくそう言い切るスロントの言葉には、年月を経《へ》た重みがあった。後悔《こうかい》や葛藤《かっとう》を乗り越えたからこそ得られた強さなのだと、良一には感じられた。

洗い物も終わったので、倉庫に移動して酒を酌《く》み交わしながら男三人で会話を続ける。

「……なんと、海賊討伐やドラゴン退治まで。随分と波瀾万丈《はらんばんじょう》な経験を積んでおられるな」

「これも巡り合わせですかね」

「巡り合わせでござるか……」

「良一君の周りには不思議と人が集まるのよね。もちろん、そういう厄介事《やっかいごと》もだけど。彼といると退屈しないわ」

「ほう、Aランク冒険者のキャリー殿がそこまで入れ込むとは、大した御仁《ごじん》よ」

酒を酌み交わしていくうちに酔いも回り、話が熱を帯《お》びてくる。

「重力の属性神グラート様の神殿騎士も倒したというその実力、ますます見てみたくなった。石川士爵、某とも一手いかがか」

「いやあ、夜ですし酒も入っていますからね」

「確かに。それならば、相撲《すもう》はどうでござるか？」

「相撲ですか？」

酒も入り気分も良く、思考回路《しこうかいろ》も麻痺《まひ》していたところに、相撲という単語がなぜか良一の心を鷲掴《わしづか》みにした。いい大人が旅先の宿で相撲をとるなど、なんともバカバカしいが、肩肘張った貴族同士のやり取りよりも好ましい。良一は自然と頷いていた。

「相撲なら、一回とりましょうか」

キャリーも流れで行司《ぎょうじ》をすると言うので、倉庫の中でスロントと相撲をとることになった。

宿の主人があけてくれたスペースをさらに広くして、藁を丸く並べて即席の土俵が出来上がった。

「じゃあ、一本勝負、待ったなしですよ」

「望むところ。亡者の丘を解放したという実力を味わわせていただく」

靴《くつ》も上着も脱《ぬ》ぎ捨て、互いに上半身裸にズボンや袴《はかま》だけの状態である。

地面に片手をついてキャリーの言葉を待つ。

「両者見合って」

その言葉を聞いてスイッチが入ったのか、スロントの気配ががらりと変わった。

その雰囲気にあてられた良一は酔いが醒《さ》めて冷静になるが、今さら待ったを言える状況ではないので、覚悟を決める。

互いの呼吸を合わせ、一拍《いっぱく》の間の後に浮いた片手を地面につける。

次の瞬間、ドンッと鈍《にぶ》い音が響き、人体同士がぶつかったとは思えぬ衝撃《しょうげき》が良一の全身を駆け抜けた。意識が飛びそうになるのをなんとかこらえ、相手の腰元を掴《つか》む。

「さすがは英雄。某のぶち当たりに一歩も引かぬとは」

スロントは感心した様子で話しかけるが、良一には応《こた》える余裕がない。

相手の方が背丈も高く、体重も重いので、良一はスロントの胸に頭をつけて持ち堪《こた》えている状態。

少しでも気を緩《ゆる》めたら一気に力で押し切られそうになる。ここからどう攻《せ》めればいいのかがわからない。

「そろそろ本気を出しますぞ」

重力魔法を使ったのか、スロントの体重が一気に増した。

一段と大きくなった圧力に負け、良一はジリジリと後退させられているのを実感する。

しかし、このまま何もできぬまま負けるのは、漢《おとこ》の矜持《きょうじ》が許さない。

「じゃあこっちも本気を出しますよ」

何の根拠《こんきょ》もないただのハッタリだが、口に出した以上は一泡《ひとあわ》吹かせてやろうと、腹の底から力を振り絞《しぼ》る。良一は体中に魔力を巡らせ、契約精霊の助力を得ながらさらに力を込める。

「グッ」

そこで初めてスロントの口から苦悶《くもん》の声が漏れた。

「……」

「……」

互いに歯を食いしばり、相手の隙《すき》を突《つ》こうと無言で力を込め続ける。

数十秒の膠着《こうちゃく》状態の後、スロントの体重が瞬間的に軽くなり、対応が遅れた良一は重心を崩《くず》してしまう。

即座に体勢を立て直そうとするが、スロントはここぞとばかりに溜《た》めていた力を解放し、良一を土俵際《どひょうぎわ》まで追いやる。

土俵といっても、境界がわかるようにと藁が置かれているだけの簡素なものでしかない。

しかし、今はそれが生死の境《さかい》に等しい。そんな絶体絶命《ぜったいぜつめい》の場面で、予想外の声が響いた。

「二人とも、何をしているんですか」

メア達を寝かしつけていたはずのココがやってきたのだ。

だがその声を聞いて、折れかけていた良一の心に活力が戻った。

気の合う女性の前で格好悪いところは見せたくないという一心で起死回生《きしかいせい》を狙《ねら》う。

良一の契約している精霊リリィとプラムは風と水の精霊なので、力などの身体強化は得意ではない。一方、スピードや柔軟性《じゅうなんせい》を上げるといった強化は得意なジャンルだ。

今までは不得意な力の強化で張り合おうとしていたが、それをスピードと柔軟性の強化に切り替える。

「おおぉ」

真《ま》っ正面《しょうめん》からの力比べから一転、良一は体を巧《たく》みに翻《ひるがえ》してスロントの足をすくい上げる。

スロントも重力魔法で体重を重くして対処しようとするが、すでにバランスは崩れており、間に合わない。

良一は勢いのままにすくい投げを決める。

「勝負あり」

キャリーの声で決着がついた。

スロントが倒れた隣に、力の抜けた良一も背中から倒れ込んだ。

状況を理解していないココが、呆れた様子で呟く。

「……なんで良一さんとスロントさんが相撲をとっているんですか」

「いやあ、参った。完敗でござる」

スロントが倒れたまま晴れ晴れとした表情でそう宣言した。

「こちらこそ、素晴らしい勝負でした」

良一は疲労感で満たされた体に活を入れて立ち上がり、スロントに手を差し出す。

スロントも素直に差し出された手を掴んで上体を起こした。

「こんな夜中に……二人とも時間を考えてください」

文句を言いながらも、ココは水とタオルを持ってきて、背中についた土埃《つちぼこり》を拭《ふ》いてくれる。

「ありがとう、ココ」

「まったく、こんな姿をメアちゃんやモアちゃんに見せたら笑われますよ」

「いやあ、酒の影響で」

「お酒は嗜《たしな》む程度に。お酒に呑《の》まれてはいけませんよ」

「面目《めんぼく》ない」

そんなやり取りをする二人を、キャリーとスロントが興味深そうに見ていた。

「ココ嬢、立派になられた。石川士爵なら幸せにしてくれるだろうな」

「若いって感じがして、良いわよね」

それからココに叱られながら相撲の後片付けをして、三人は酒盛《さかも》りもせずに寝ることになった。

疲労のせいか、良一は枕に頭を預けるとすぐに寝入《ねい》ってしまった。

良一の寝息を聞きながら、スロントとキャリーは小声で会話を続ける。

「石川士爵は実に気の良い御仁でござるな」

「そうね。良一君と一緒に旅をしてきて、私も変わったわ。今までの人生がひっくり返るような出来事がたくさんあったわね」

「Aランク冒険者のキャリー殿でも……」

「ええ。私が言えた義理じゃないかもしれないけれど、あなたもそんな出来事を望んでいるんじゃない？」

スロントはそんなキャリーの言葉を噛《か》みしめながら静かに眠りに落ちたのだった。

◆◆◆

翌日、良一は昨夜の相撲の疲れも一切なく、気分良く目覚《めざ》めた。

「おはよう、良一君」

「おお、お目覚めですか、石川士爵」

キャリーとスロントは先に起きていたらしく、すでに身支度《みじたく》を整えていた。

「おはようございますキャリーさん、スロントさん」

「石川士爵、しばし時間を頂いてよろしいだろうか？」

「かまいませんけど、どうしたんですか、スロントさん」

そこで突然、スロントがガバッと頭を下げて土下座《どげざ》の姿勢を取った。

「某を家臣として召し抱えていただきたい」

「ええ!?　それはまた、随分と急ですね」

「昨夜の相撲を通して、石川士爵の人となりは充分に伝わってきました。そして生涯《しょうがい》仕えるにふさわしい人物だと確信したのでござる」

スロントは頭を下げ続けるが、良一は判断がつかず、返事ができなかった。

「そんな、過大な評価ですよ。頭を上げてください」

「昨晩キャリー殿に聞いたでござる。石川士爵と関わり合いが持てるならば、某も大きく成長できるであろうと」

「良一君、これは良い話だと思うわよ。スロントさんなら信頼できるし、これから先も良一君を凄く助けてくれると思うわ」

名前が出たキャリーも自分の意見を述べた。

しかし、最後の決定は良一自身がしないといけない。

「俺の領地はメラサル島の奥地にあります。小さな村で、木々に囲まれた良いところですが、それだけです。本当に良いんですか?」

「何も問題ござらん。重ねて、お願い申し上げる」

「では……何をしてもらうかも決まっていませんが、これからよろしくお願いします」

「ありがたき幸せ。これより石川良一士爵を主《あるじ》とし、生涯尽《つ》くす所存《しょぞん》でござる」

朝食で皆が集まったところで、良一はこの話を切り出した。

「皆に報告があります。スロントさんが俺の家臣として仕えてくれることになりました」

モア以外が皆驚いて目を見開く。とりわけ、昔のスロントを知るココの驚きは大きかった。

「スロントさんが言ったんですか」

「ココ嬢、某から殿に――石川士爵に頼み込んだのだ」

スロントの意志は固いと悟《さと》ったのか、彼女がそれ以上口を挟むことはなかった。

メアとモアも新しい仲間が増えると知って喜んだが、マアロだけは黙ったままだ。

何か思うところがあるのではないかと心配したスロントが顔を覗き込むと……

「昨日は言わなかったけど、私は良一の妻」

「はっ、奥方様にも忠誠《ちゅうせい》を」

「いやスロントさん、違いますからね」

こうして、スロントが旅に同行することになった。

しかし、みっちゃんがＡＩであることや良一の過去など、詳細はまだ知らせていない。

信用していないというわけではないが、徐々に慣れていってもらえばいいという判断だ。


朝食を手早く済ませた一行は、村を出て昼過ぎ頃に目的地に辿り着いた。

「ここなのか、みっちゃん？」

「はい」

案内のみっちゃんが足を止めたのは、川幅百メートルはありそうな大きな河川《かせん》の川縁《かわべり》だった。

「もしかして、長い年月で川の下に沈《しず》んだ感じかな？」

「この場所は大河の力を用いた実験施設でしたので、施設を建設したのちに大河を引いたのです」

「じゃあ、実験施設ありきの場所だったのか。凄いけど、野ざらしで大丈夫だったの？」

「元々は厳重《げんじゅう》な警備網《けいびもう》が敷《し》かれていましたが、今となっては過去のことです。とはいえ、施設にはパスワードがないと入れませんので、文明が崩壊《ほうかい》した後に入場された可能性は低いはずです」

説明を続けながら、みっちゃんは施設と通信してロックを解除《かいじょ》しているらしい。

「無事に認証が終了しました」

みっちゃんの言葉と同時に、地面の一部がせり上がり、地下への入り口が現れた。

中に入る前に、改めて追跡者《ついせきしゃ》がいないか周囲を確認する。

「みっちゃん、俺達が入った後に入り口は隠せるか？」

「可能です」

「ならそうしてくれ。じゃあ皆、中に入ろう」

みっちゃんを先頭に一人ずつ中へと入る。

生きた古代遺跡に足を踏《ふ》み入れるのは初めてなのか、早くもスロントは興奮気味《こうふんぎみ》だ。

「早速、驚かされたでござる」

「多分、下りたらもっと驚くわよ」

最後尾《さいこうび》で話すスロントとキャリーが階段を下りきったところで、入り口が閉まる音が聞こえた。

「電源を復旧し、施設を稼働《かどう》します」

みっちゃんがタッチパネルを操作《そうさ》すると、ぼんやりと光っていた非常灯が消灯し、正規の照明が点灯した。

「みっちゃん、頼りきりですまないけど、これからどうする？」

「まずはこの端末《たんまつ》経由で所長室にアクセスし、必要なデータやパスワードを収集します。その後各種設備や資材を回収します」

この間もみっちゃんは、受付端末から手際《てぎわ》よく施設のデータをダウンロードしていく。

メアやココ達は目の届く範囲で各々《おのおの》建物の中を見て回っている。

「ここはなんの実験施設だったんだ」

「大陸間兵器の開発研究所です」

思いがけず飛び出した物騒《ぶっそう》な言葉に驚き、良一は唾《つば》を呑み込む。

「それって、かなり危険なものが眠っているのか？」

「施設放棄《ほうき》の際に兵器自体は全て回収されており、生産設備も修復《しゅうふく》不可能な状態にされているため、再製造は不可能です」

「そうか。ならいいんだけど」

言われてみると、周囲には資料らしき紙が散乱《さんらん》し、多くのファイルが落ちている。随分と慌てて放棄されたらしい。

「施設の放棄は終戦間際《まぎわ》で、魔王軍に接収される直前だったようです」

「古代文明の崩壊って、魔王軍のせいなのか？」

「様々なデータを解析《かいせき》した結果、一因と考えられます」

はっきり言って良一には、古代の超文明が滅《ほろ》びた原因が魔王と言われてもしっくりこなかった。

今のスターリアは剣と魔法のファンタジー的世界だが、過去にはみっちゃんや魔導甲機のような高度なテクノロジーを有した——明らかに地球よりも発展した文明が存在したのは間違いない。

それを魔王が滅ぼしたならば、当時の魔王の実力はどれほどだったのだろうか。

「そんな強い魔王がいるなら、世界は何度も滅んでいそうだけど……」

「そうですね」

良一がなにげなく呟いた言葉を、みっちゃんは否定しなかった。

その意味を考えると、背筋《せすじ》に冷たいものが走る。

「インストール完了です」

「じゃあ、お目当ての設備の回収に行こう」

この実験場は秘密裏《ひみつり》に建設されたものなので、自給自足できるように施設内にインフラ、ライフラインに関する設備が備わっていた。

それらは兵器製造ラインからは独立しているので、ほぼ稼働状態で放置されていた。いくつか壊れたものもあったが、みっちゃんの手で修復は可能とのことだ。

良一が地球で電気工事士として働いていた際に訪れたインフラ関連の施設は、非常に巨大なものだった。しかし、ここにある設備は全て小さな部屋一つに収まる程度の大きさだ。おそらく、設置場所は六畳《じょう》から八畳もあれば充分だろう。

みっちゃんの説明によると、この規模でも二千世帯分以上の処理能力を有しているそうなので、イーアス村で使用する分にはかなり余裕がある。

「発電設備、変電設備、配電管理設備、下水処理設備、取水設備、取水ろ過《か》設備、水道管理設備、道路、配管等その他補修《ほしゅう》資材を回収しました」

数時間かけて必要な設備の回収は終わった。

「こんな広大な施設だと、魔導甲機ぐらいありそうだけど」

「それらはドックに格納されています」

「ドック？」

みっちゃんの案内で一行はエレベーターに乗って施設の最下層へと移動した。

広い通路の先に大きな扉が見える。

「この先には何があるんだ？」

「飛空艇《ひくうてい》です。建造中の実験船が残されておりました。罠《わな》として自爆装置が仕掛けられておりましたが、すでに解除済みです」

「飛空艇？」

「はい」

会話をしている間に大きな扉が左右に開き、その先にある今までとは比べものにならないくらい天井が高い広大な地下空間が目に飛び込んできた。

そしてその中心に鎮座《ちんざ》している巨大な金属製の船。

良一もアニメや漫画でしか見たことのない、飛空艇である。

マストの代わりにプロペラのような機械が何台もついており、カレスライア号と比べると少し小ぶりな大きさだ。

魔導甲機などを作れる超文明ならば空を飛ぶ乗り物もあるに違いないと予想していたものの、こうして実際に目にすると、その迫力《はくりょく》に圧倒される。

全員、ポカンと口を開けてしばし飛空艇に見入ってしまった。

「みっちゃん、さすがにあの飛空艇は使えないんだろう？」

「いえ、エンジンを復旧させれば、使用可能です」

「じゃあ、あれに乗ってメラサル島に帰る……なんてこともできるのか？」

「可能です」

心中で膨らんでいく願望を抑えきれず、良一は生唾《なまつば》を呑み込む。

「みっちゃん、あれに乗ってみたいんだけど……」

「かしこまりました。修復作業のため、ドック内の魔導甲機及び修復設備を使用します。作業は翌朝までかかる見込みですので、しばらく船内でお過ごしください」

外で待っていても退屈なので、良一達は飛空艇に乗り込み、中を探索《たんさく》することにした。

メアとモアとマアロは三人組で走っていき、キャリーとスロントとココも設備を確認しに行った。

実験用の船だけあって内装は最低限で、個室にはベッドも何もなく、食堂のプレートが掲《かか》げられた大部屋も、椅子やテーブルすらないがらんどうだった。

とはいえ、自前の物をアイテムボックスから出せば問題ない。

良一はみっちゃんの作業を見守りながら、腕時計端末に転送してもらった資料に目を通す。

「特殊移動型実験艇〝ドラシル〟か」

「設計段階での目標最高速度に到達しなかったため、予算凍結《とうけつ》された実験艇です」

「でも動くようになるんだろう？」

「運動性能の試験段階で開発が停止したので、自衛機能である魔導バリア以外の武装は搭《とう》載《さい》されておりません」

「まあ、この船に乗って戦争をしに行くわけではないから、武装はいらないけど」

「エンジンの修復が完了するとともに、飛空艇内の内装も含めて本来の仕様に変更が可能です」

「それは戦闘のための仕様もってことか？」

「はい」

「本来の用途とは別の豪華《ごうか》客船のような移動が主目的の内装にはできるかな？」

「可能です」

「じゃあ武装関連は最低限にして、多くは快適な生活ができるように飛空艇を改造してくれ」

「承知しました」

資料によると、この飛空艇は船体内部が格納庫を含む二階層、上部構造物が一階建ての全三層構造のようだ。

「何か手伝えることはないかな」

資料を読み終わって手持ち無沙汰になった良一は、ダメ元で聞いてみた。

「効率を上げるために、基本ＯＳが共通の人工人体を複数体稼働させたいです」

「それは、みっちゃんみたいなアンドロイドを追加するってことか？」

「はい。私がマスターＯＳとして全体を統括《とうかつ》し、専門的な機能を各個体に分散してインストールします」

「なるほど。じゃあ、人工人体を探してくればいいんだな」

「その必要はありません。実験場には補修用魔導甲機がありますので、一時的にそちらを起動させせます。許可を頂くだけでアクセスできます」

「わかった。許可する」

「マスターの許可を確認。ＯＳ機能の一部をコピー、アップデートします」

ほどなく、みっちゃんの機能の一部を持った小型の魔導甲機が姿を現した。

『命名を願います、マスター』

機械音声を出すのは、樽《たる》状の体の左右に足代わりの履帯《りたい》がついた魔導甲機。

「なんだか見覚えのあるシルエットだから、君はアールで」

『当機体名アールで登録いたしました』

そう言い残して、アールは早速持ち場に向かった。

「アールは飛空艇の修復及び改造を行い、完成後は操縦《そうじゅう》と火器管制を担当します」

「じゃあ、アールが飛空艇って感じかな」

「その認識で問題ありません」

それからも、みっちゃん達の修復作業は続いた。

船内探索を終え、作業中のみっちゃんを除《のぞ》く全員は食堂に集合していた。

「良一兄ちゃん、なんかピカピカ光るのがあって、楽しかった！」

「良一兄さん、とっても大きかったです。部屋がたくさんありました」

「凄い」

探索から戻ったメア達三人は興奮冷めやらぬ様子で、口々に船内で見たものを報告した。

「三人とも、この船中で生活できるように改造してもらうから、希望があったらみっちゃんに伝えておいてくれ」

「「「はーい」」」

スロントも、ため息混じりにしみじみと感想を口にする。

「まさか、召し抱えていただいたその日のうちに、こんな常識が覆《くつがえ》る体験ができるとは。殿はいつもこのような出来事に直面しているのですか？」

「いや、今回の飛空艇に関しては、俺も驚いたよ。空を飛ぶ船なんて、お話の中の存在だと思っていたからね」

そんな良一の言葉を聞いて、なぜかメアの顔が青ざめていく。

「良一兄さん、あの……この船は空を飛ぶんですか、ドラゴンみたいに」

「そうだよ、楽しみだな。どうかしたのか？」

さっきまでの元気が一瞬でしぼんでいくのを見て、良一は首を捻《ひね》る。

「落ちたら死んじゃいませんか？」

メアが何を心配しているかわかり、良一は不安を取り除くために彼女の頭を撫でる。

「絶対に落ちないとは言いきれないけど、何かあってもメアとモアは俺が必ず守るから、そんなに心配しなくても大丈夫だよ」

良一の言葉で少し安心したのか、メアも落ち着きを取り戻した。

その日は飛空艇内の空《あ》き部屋に布団《ふとん》を敷いて一夜を明かすことになった。


飛空艇の修復が完了したのは、翌日の昼前だった。

「作業が全て完了しました。いつでも発進可能です」

「それじゃあ、ここにある魔導甲機なんかも収納して、早速飛んでみようか」

「かしこまりました」

魔導甲機の収納をみっちゃんとアールに任せて、良一はメアや皆をブリッジに集めた。

「みっちゃん達の修繕《しゅうぜん》も終わったので、間もなくこの船は空を飛びます」

良一の宣言を聞き、モアは無邪気にパチパチと拍手するが、他の皆はまだ本当に空を飛ぶのか懐疑的《かいぎてき》で、少し緊張の面持《おもも》ちだ。

そこにみっちゃんから魔導甲機の回収完了の報告が入った。

「よし、早速空を飛んでみよう。みっちゃん、案内を頼む」

「かしこまりました。当船は間もなく発進シークエンスに入ります。搭乗員は所定の位置についてください」

良一達以外は誰も乗っていないが、みっちゃんの声が船内の各所に備え付けられたスピーカーから響き渡り、ドック内の照明が暗転《あんてん》する。

皆初めてのシートベルトに戸惑《とまど》いながらもブリッジ内の座席に着き、船が動き出すのをじっと待つ。

アールも舵輪《だりん》の前に立ち、樽の体についたランプをチカチカと点滅《てんめつ》させながら通信をはじめた。

『魔導エンジン出力安定。補助エンジンからメインエンジンへの切り替え完了。浮遊《ふゆう》装置起動』

目の前にある複数のプロペラがゆっくりと回転しはじめ、船体のあちこちから駆動音《くどうおん》が響いてくる。

「離陸《りりく》準備完了。カウントダウンを開始します。五、四、三、二、一、離陸」

みっちゃんのカウントにあわせてプロペラの回転が最高速度になり、飛空艇がその場で浮かび上がった。飛行機と違って内臓が持ち上がる感じではないが、徐々に高まる機関部の震動《しんどう》が足の裏から伝わってくる。

「高度を維持。隔壁《かくへき》、開放します。推進プロペラ起動」

ドックに入る時とは反対の船首側の巨大扉がゆっくりと開き、飛空艇がゆっくりと前に進みはじめた。

良一は興奮から無口になるが、他の者達は不安で黙りこくってしまう。

ドックを出た飛空艇はしばらくその場で滞空《たいくう》した後、徐々に高度を上げはじめた。

頭上からは川の水が滝《たき》のように流れ落ちてくる。

「排水《はいすい》完了。発進機構の完全動作を確認。発進します」

みっちゃんの宣言と同時に、体に感じる重力がわずかに増した。

飛空艇は上昇スピードをグンと上げ、大河の真ん中から外へと飛び出す。

今まで無機質な金属の壁に遮られていた視界が、いきなり大河と木々の風景に変わった。

「実験場からの発進成功。安全高度まで上昇します」

そのまま飛空艇はどんどん上昇し続け、ついには雲を突き抜ける。

外はあいにくの曇《くも》り空だったが、雲の上に出てしまえば関係ない。

「目標高度に到達しました。当機はメラサル島に向かって巡航《じゅんこう》速度で移動を開始します。もうシートベルトは外していただいて大丈夫です」

許可が下りたので、皆シートベルトを外して緊張で強張《こわば》っていた体を解《ほぐ》す。

「外に出ることは可能なのかな」

「魔導バリアによる防風、大気圧の調整、紫外線《しがいせん》の緩和《かんわ》は機能しておりますので、問題ありません」

「じゃあ、皆で外に出てみようか」

呆気《あっけ》に取られている全員を椅子から立たせ、良一は外へと向かった。

上甲板へと続く扉を開けると、風が船内へと吹き込んできた。

「キャッ」

目を瞑《つむ》って悲鳴を上げるメアを安心させるために、良一は手を握《にぎ》りながら外に出る。

広がる雲海《うんかい》を眼下《がんか》におさめながら全身に太陽の光を直接浴《あ》びるのは、開放感がとんでもない。良一はメアとは繋いでいない方の手を上げて、大きく伸びをした。

「一日ぶりの太陽の光は気持ちが良いな。メアはどうだ？」

「はい、とても気持ちが良いです」

メアも風で乱れる髪を押さえながら、良一の真似をして体を伸ばした。

実際に外に出てみて大空の景色に魅《み》せられたのか、メアは良一の手を放し、甲板を歩き出した。

一方、モアは最初から大はしゃぎだ。

「良一兄ちゃん、見て！　雲が下に見える！」

「高いな」

「高いね、良一兄ちゃん」

語彙《ごい》の少ない二人は同じ言葉しか感想が出てこない。

キャリーとスロントも大空の上にいることに感動した様子で、甲板上を思い思いに歩いていく。

「まさか、小さいころに誰もが見る夢を実現してしまうなんて思わなかったわ」

「某、石川士爵の家臣になって本当に良かったでござる」

メアは船の縁《ふち》まで行って、ココと一緒に雲海を見ていた。

「とても綺麗ですね、メアちゃん」

二人がキラキラとした目で雲海を見続けていると、ちょうど雲が切れてココノツ諸島と思《おぼ》しき大小の島々が見えた。

「ココ姉さん、あそこはイチグウ島ですかね？」

「島の形はそうですね。あのあたりが港だから……」

高度が高くて家々の判別はつきにくいが、ココには充分のようで、目を凝《こ》らして実家を捜《さが》しはじめる。

ここで良一は、いつもなら何かしら話しかけてくるマアロからの反応がないことに気がついた。

「あれ、マアロはどこだ？」

「マアロちゃんなら、あそこだよ」

モアが指さした先には、良一達が出てきた扉の縁にしがみついているマアロの姿があった。

良一とモアは扉に近づいて声をかける。

「何しているんだマアロ？」

「人は空を飛べない」

「マアロちゃんもあっちに行こうよ。とっても凄いよ」

「人は空を飛べない」

良一の言葉もモアの言葉も一切聞かず、頑《かたく》なに首を横に振るマアロ。

「ほら、手を繋げば大丈夫か？」

良一とモアが手を差し出すと、マアロは恐る恐るその手を握りこんでくる。

彼女がこんな弱々しい姿を見せるのは、極端《きょくたん》にお腹が空《す》いた時くらいのものだ。

恐怖心を与えないように一歩ずつ、ゆっくりと甲板上を進む。

さすがに船の縁まで行くのは無理そうなので、プロペラが回転するマストの一本で足を止めた。

「どうだ、怖《こわ》くないだろう？」

「まだ慣れない。でも、空気は美味しい」

あまり無理はさせられないので、良一はマアロを飛空艇の中に連れ帰り、一階の休憩室《きゅうけいしつ》で休ませた。


そうして思う存分に空中散歩を楽しんだ後、一行は船内の食堂で遅《おそ》めの昼食をとった。

外は無理でも飛空艇の中なら平気なのか、マアロもいつもと変わらぬ食欲を見せ、食卓は先ほど見た空の景色などの話題で盛り上がった。

「明日の夜にはメラサル島に到着予定です」

「わかった。公爵邸に報賞金を受け取りにいかないといけないけど、この飛空艇があまり人目に付くのはよろしくないよな」

「こんなもの、所持しているだけで戦争の火種になるわね」

キャリーは半ば呆れ気味に言った。

「できることならば石川士爵家の外には秘匿《ひとく》しておくべきでござろう」

「じゃあ、この船の存在は隠しておこう」

しかし、イーアス村に専用の格納庫がない現状、どこに停泊《ていはく》させるかは悩みどころだ。

地上に着陸すれば発見されるのは時間の問題なので、普段はメラサル島の周囲を超高高度で飛行させ続けることにした。燃料は大気中の魔素で賄うため、補給の必要はない。

イーアス村に電波の通信基地を設《もう》ければ、メラサル島内から交信可能となるそうだ。

メラサル島に着いてからの飛空艇の仕事は、警戒の他、船内設備向上が主になる。

当面今いるメンバー以外が乗船する予定はないが、各個室の設備は上等なものにして、居心地をよくしたいと、良一は考えていた。


「飛空艇での移動に慣れたら、他の移動が嫌になりそうだな」

今後今のメンバーだけで遠方に旅に出ることになれば、移動手段は飛空艇一択になるのは確実だ。


その後も空の旅は快適で、震動や大きな揺れはほとんど感じなかった。

少なくとも個室や食堂、休憩室などは対策が施《ほどこ》してあるようだ。窓の外を見なければ空を飛んでいるとは思えないほどである。

甲板上で日向《ひなた》ぼっこをしたり、船内のレイアウトを考えて過ごしていると、あっという間にメラサル島の近辺まで辿り着いた。

みっちゃんによると、多少機能の制限を受けるものの、この船は通常の水上船としても航行可能らしいので、一旦海上に着水して、人気《ひとけ》のない所まで移動してから上陸することにした。

「この辺りには人が住んでいないみたいだし、ここから上陸して公都を目指そう」

飛空艇は目立たぬように夜のうちに着水し、良一達は日が昇《のぼ》る前に小型艇で上陸を果たした。

このまま飛空艇を海上に置いておくわけにはいかないので、アールの操縦で再度浮上させて上空待機を命じる。これで飛空艇とはしばらくお別れだ。

一行は海岸線から近くの街道まで出て、そのまま徒歩《とほ》で町を目指す。

「ここがメラサル島でござるか」

スロントはメラサル島に来るのが初めてらしく、興味深そうに周囲の景色を見回す。

「ええ。俺の領地のイーアス村は内陸の山奥にあるので、歩きだと遠いですよ」

「ふむふむ」

「スロントさんには俺が留守《るす》にした時の代行や領主館の守りをお願いしようと考えているので、メラサル島の地理や、貴族の関係を少しずつ覚えておいてください」

道中、良一達によるスロントへのメラサル島講座が開かれた。

メアやモアも、美味しい果物がなる場所や、ドワーフの里の名産など、自分達が知っている限りのことを熱心に喋《しゃべ》った。

「メア嬢、モア嬢、わかりやすい説明、かたじけない」

スロントの感謝の言葉に二人も気を良くして、さらに饒舌に話し続けた。

一行は先を急がずゆっくりと歩いたが、公都に着いたのは当初予定していたより一週間近く前だった。

「大分早く着いてしまったけど、問題ないかな?」

「まあ、普通だったらおかしいでしょうけど、良一君だし」

身も蓋《ふた》もないキャリーの意見に、ココまで同調する。

「そうですね。良一さんのことを良く知らない人ならともかく、公爵家の方々ならいいように解釈《かいしゃく》して納得してくれると思います」

突然大人数で押しかけるのも失礼なので、ココやマアロ達は宿に残ってもらい、公爵邸には良一とメアとモアの三人だけで行くことにした。

手首のデバイスでキリカに連絡を取ると、早い帰還《きかん》の連絡に驚いていたが、案の定《じょう》〝良一だし〟と勝手に納得してくれた。

公爵は今、王都へと帰還するスマル王女を見送りに行っていて不在らしい。

「ようこそ石川士爵、キリカ様が中でお待ちです」

事前に連絡がいっていたからか、公爵邸の門番もすんなりとキリカの部屋に通してくれた。

「随分と早い帰りだったのね。ココノツ諸島は楽しかった?」

「とっても楽しかったよキリカちゃん、お空――」

モアは楽しそうに話しはじめるが、その勢いで飛空艇のことも口走りそうになったので、メアが慌てて口を押さえた。

「あら、どうしたの？　何か面白そうなものがあったんじゃないの？」

「今はちょっと理由があって秘密なんだ。いずれ教えるから、楽しみに待っていてほしいな」

「あら秘密なの？　それは寂しいわ。ねえモア、私にも教えてちょうだい」

心の中でメアのファインプレーを褒めながら、良一はなんとか取り繕《つくろ》う。

「えへへ、秘密だった。ごめんねキリカちゃん」

モアもやっと思い出したのか、口元を両手で隠して黙《だん》まりを決め込む。

モアを籠絡《ろうらく》することも無理そうだと見て取り、キリカもそれ以上は無理に聞いてはこなかった。

「その代わりってわけじゃないけど、お土産《みやげ》があるんだ」

キリカの機嫌を取るために、良一はゴグウ島の露店で買った柿を数個取り出した。

エラルの市場では柿を見なかったので、ココノツ諸島の土産として喜んでもらえるだろう。

この場で食べたいというキリカのリクエストに応え、メアがいくつか剥《む》いて皿に並べた。

「とっても甘いのね。優しい味で本当に美味しいわ」

「モアもね、これ好き」

「種があるからな、二人とも噛まないように気をつけるんだぞ」

柿を食べて味の感想を話していると、使用人が良一を呼びに来た。

「ご歓談《かんだん》中申し訳ございません。石川士爵、報賞金の受け取りをお願いしたいのですが」

スマル王女を迎えに来た護衛船団が、良一の報賞金を王都から運んできたらしい。

「じゃあ、俺は受け取ってくるから、メアとモアはキリカちゃんと一緒にいてくれ」

「わかりました。モアもいいよね？」

「ねえ良一、せっかくだから私も財宝を見てみたいわ。同行してもいいかしら？」

メアとモアは素直に従ったのに、キリカがひっくり返してしまう。

良一が視線で問い掛けると、公爵邸の使用人は諦めたように頷いて同行を認めた。

「まあいいけど。じゃあメアとモアも一緒に行くか」

「はーい」

使用人は四人を先導して本館を出て、いくつかある別館のうちの一つに案内する。

「報賞金の額《がく》も大きく、アイテムや武具も含まれているので、別館に保管してあります」

二階建ての小さな館の扉の前には公爵家の兵士二人が立っており、厳重に警戒していた。

「もしかして、彼らは報賞金を警備してくれているんですか？」

「ええ。額が額ですから。どうぞお入りください」

扉を開けてすぐの一階の広間に入ると、部屋中に宝が置かれていた。

部屋の半分は宝箱が並び、もう半分には宝石があしらわれた鎧や剣、絵画《かいが》や石像などが整然《せいぜん》と並んでいた。

「あの、この部屋の中の物全てが報賞金ってわけじゃないですよね？」

あまりの量に、良一は思わず使用人に確認した。

「この中にあるものは全て、石川士爵のものです」

宝箱の一つを開けると、中には金貨がぎっしり詰《つ》まっていた。

隣の宝箱を開けると今度は白金貨、その隣は銀貨と、様々な種類の硬貨《こうか》が入っていた。

メアとモアとキリカは、絵画や石像などを見ながら呑気《のんき》に話しているが、メアはこれらの財宝の価値がわかるらしく、若干意識が飛びかけている様子だ。

「石川士爵、こちらに目録《もくろく》があります。ご確認の上、受領の証《あかし》にサインを」

使用人が差し出したのは一本の巻物で、広げると金貨の枚数や石像の製作者や価値などが記されていた。魔道具には効果も簡単に記載されている親切ぶりだ。

その中であるペンダントが良一の目に留まった。

「これかな〝学問のペンダント〟は」

良一が何か手に取ったのを見て、モア達も興味を抱いて近づいてくる。

「なになに、そのペンダントは何？」

「これはメアとモアにピッタリの魔道具だなと思って」

良一はメアとモアの首にペンダントをかけてあげた。

「ありがとう、良一兄ちゃん」

「良一兄さん……これって高いんじゃありませんか」

「どれどれ……目録だと、一個で白金貨五枚相当（五十万円）だって」

「白金貨⁉」

値段を聞いたメアが、慌ててペンダントを外そうとするが――

良一はその手を優しく押さえて、このペンダントの効果を説明する。

「そのペンダントは学問のペンダントといって、身につけていると勉強をする時に集中力が少しだけ上がるらしい。これから一杯勉強する二人にピッタリだよ」

「でも……」

「それに、同じものはたくさんあるみたいだし、ここにあるお宝の中では一番安いものだから」

理由にならない理由だが、メアも良一の気持ちを汲《く》んで納得してくれた。

しばらく目録を確認してから、良一は受け取りの署名《しょめい》をする。

一つ一つ突き合わせたわけではないが、公爵家が――しかも娘のキリカがいる前で――不義理なことはしないだろうと考えて、サインを書き切った。

「報賞金を確かに頂戴《ちょうだい》しました」

「運び込みに人手は必要でしょうか？　公爵様からは補助するよう聞いておりますが」

「アイテムボックスに入れていくので、大丈夫です」

「そうですか。では私はこれにて」

そう言い残して、使用人は別館から出ていった。

「じゃあ、収納していくから、待っていてくれ」

美術品の類《たぐい》は扱いに困るが、巻物と見比べながら一つずつ丁寧《ていねい》に収納した。

「それじゃあキリカちゃん、そろそろお暇《いとま》するよ。次に会うのは、イーアス村の領主館をお披露目《ひろめ》する時かな」

「そうね。楽しみにしているわ」

作業を終えた良一達は、キリカに別れを告げて、公都の宿へと戻った。

◆◆◆

公都からイーアス村までは馬車で移動した。

出発する前と比べて大きな変化はないが、至る所で作業が行われていて、村全体が活気に溢《あふ》れていた。

門番に話しかけるが、モンスターの襲撃もなかったらしい。

馬車から降りて歩きながらスロントに村を案内していると、前方から良一達に気づいた村長がやってきた。

「石川君、お帰りなさい」

「ただ今戻りました、コリアス村長」

「お目当てのモノはあったのかな？」

「ありましたよ。モノはミチカに設置を頼んでいます。領主館はどうですか？」

ミチカとはみっちゃんの別名である。公式の場で〝みっちゃん〟などと呼ぶのは憚《はばか》られるので、良一が付けた名前だ。

「ああ、ミチカさんが土地の改良と土台を手伝ってくれたおかげで、順調だよ」

「そうだ、コリアス村長。こちらはスロントさん、俺の家臣になってくれた人です。俺の留守中の領主館の守りや代理をしてもらおうと思います」

「イーアス村の村長のコリアスです。これからよろしくお願いします」

「紹介にあずかったスロントでござる。イーアス村のことを、これからご指導を願いたい」

スロントの紹介も終わったので、領主館建設現場に向かう。

コリアス村長の言う通りに大きな柱が何本か立っており、周囲では数人の大工が元気にトンカチや鋸《のこぎり》を振るっている。

「おお、領主様、お早いお帰りで」

「ハンマルさん、ナイルさん。調子はどうですか？」

「ああ順調も順調よ。木工ギルドのマスターがとびきり良い木材を出してくれたからな。値は張るが、ドラゴンの突進にも耐えられる強度になりそうだぜ」

「報賞金を貰《もら》ってきたので、資金は充分ですから、よろしくお願いします」

領主館の建設にはイーアス村の村人がほぼ全員関わっているので、村に金を回すためにも予算に上限を設けないつもりだ。

村人達もそんな領主館の仕事に、普段は使えない材料や最高の技術を使って応えてくれている。

バラマキと言えるかもしれないが、それで村全体に潤いが出るなら、貯《た》めるだけの財宝よりも価値がある——良一はそう考えていた。

建設現場を後にした良一達は、仮住《かりず》まいにしている森の泉亭でスロントの部屋も借りようとしたのだが……

「領主様、申し訳ありません。領主館の建設のためにドワーフの里からも大工が来ていて、部屋に空《あ》きがないんです」

宿の主人が頭を下げた。

当然、良一達の部屋は確保してあるのだが、スロントが増えるとは思わず、予備のベッドもないそうだ。

「まあ、仕方ないですね」

「申し訳ないです」

さすがに他の宿泊客の部屋を横取りするわけにはいかないので、どうしたものかと頭を捻る。

結局、スロントがドワーフの里との取引や、村の財政状況を勉強する間は、村長宅に間《ま》借《が》りをさせてもらうということで片が付いた。

こうしてようやく、イーアス村での生活が始まった。

二章　帝国使節団

イーアス村に戻ってから二ヵ月が過ぎた。

領主になったといっても、良一自身はあまりそれらしいことをしているわけではない。村の中を散策《さんさく》がてら村人と話をして様子を聞き、意見を汲み上げるくらいだ。

残りの時間は発電設備や上下水道設備の敷設と試運転に費《つい》やしている。もっとも、実際に作業を行うのはみっちゃんが操る魔導甲機で、良一は補助するくらいだが。

これらのインフラ施設は村外れの目立たない場所に、モンスター対策を施して設置した。施設の大部分は地中に埋めてあり、地上に出ているのは六畳間程度の小屋一つだ。

どういう目的のものなのか、村人やよその土地から来た旅人が見てもわからないだろうが、念のため施設の扉やフェンスには良一の名前で立ち入り禁止の旨《むね》が記してある。

「これで浄水場と下水処理場に、発電所もできたのか」

「はい。試運転も問題ありません」

発電所の敷設作業を終えた良一とみっちゃんは、一度地上に上がって一息ついていた。

「管理はＡＩがするから、放っておいていいんだよな」

「はい。故障が起きても小型魔導甲機が自動で起動して修復にあたります」

「じゃあ、今度は各施設から村まで配管をしてもらおうか。地上に電柱を建てた方がコストは安いかもしれないけど、モンスターの襲撃で倒されてしまうかもしれないからな。電気も通信も水道も、地中化してしまおう」

「かしこまりました」

「じゃあ、俺は戻るから、配管と配線は任せてもいいかな」

「問題ありません。夜ごとに進捗《しんちょく》の報告をいたします」


村の中央広場ではマアロが教師を務める青空教室が開かれていた。

職人の村であるイーアス村では、教育といえば親が子供に教えるだけで、学校や私塾のような場所はなかった。子供といえども普段は家事や家業の手伝いに駆り出されていて、勉強をする余裕などないのだ。

しかし、領主館の建設や村の拡張などで村にお金が行き渡った結果、生活にゆとりが生まれ、子供達が自由に過ごせる時間が増えてきた。

そこで、農作業などが終わった午後には村の広場で無料の青空教室を開くことになった。

マアロが基礎《きそ》的な学問、ココとキャリーが簡単な武術やモンスターへの対処の仕方、といった具合で、良一達が持ち回りで教師役を務めている。

中でも一番の人気《にんき》があるのは、メアとモアが教える地理の授業だ。

公都グレヴァール、貿易港ケルク、ココノツ諸島、カレスライア王国の王都ライア、さらにセントリアス樹国に亡者の丘といった、良一達が訪れた場所の写真をみっちゃんがスクリーンに投影《とうえい》するのが好評で、村の子供のみならず、手の空《あ》いた大人までもが足を止めて、二人の熱のこもった説明に耳を傾ける。

多くの者がメラサル島を出ずに一生を終えるような生活を送る今のイーアス村では、ココノツ諸島や王都ライアなどは遥《はる》か彼方《かなた》の世界という認識なのだ。

良一が姿を見せると、集まった子供達が親しげに声をかけてくる。

「領主様だ」

「こんにちは、士爵様」

良一は授業の邪魔《じゃま》をしては悪いと思いながらも、軽く手を振って応える。

「皆、こんにちは。今日は何を習っているんだい？」

「今日はね、掛け算」

「マアロの授業はわかりやすいかな？」

良一が尋ねると、子供達は口々にマアロのことを褒めたたえた。

「マアロ先生の授業は楽しいよ」

「頭が良くなるのがわかる」

これに気を良くしたのか、マアロは鼻高々の様子で胸を張っている。

「だいぶ慕《した》われているな、マアロ」

「だって私は先生だから」

「じゃあ、邪魔になるだろうからもう行くよ。皆も勉強を頑張ってくれ」


広場を後にした良一は、村の商店街へと歩を進める。

商店街といっても常設店は二店舗《てんぽ》――鍋や鋸を修理したりする小さな鍛冶屋《かじ》と、森の泉亭の看板娘であるマリーの友人、ナシルの家が営《いとな》む雑貨屋――だけで、他は行商人の露店がその時々に並ぶささやかなものだ。

しかし、先日ここに新たな店が増えた。

小さな木造の仮設店舗で、看板には〝キャリーの洋裁店《ようさい》〟と書かれている。小さいころから可愛らしい小物や服を売る店を出すのが夢だったというキャリーが、今までに作った洋服や小物を置いている店だ。

店を出したいという相談を受けた良一は、出会ってからの恩を返す意味もあり、この仮設店舗を造ってプレゼントした。

ココやメア、モアと協力して建てた店は少々不格好《ぶかっこう》だが、華《はな》やかな色合いの内装はキャリーが扱う品の雰囲気にもよく合っている。

もちろん、あくまで仮設店舗なので、領主館完成後は、村全体の区画整理にあわせて、キャリーが自分でしっかりした店を建てる予定だ。

キャリーは今後も良一が旅をする際には店を休業してついてきてくれるが、普段はここで小物を作って過ごすらしい。

そんな仮設店舗の軒先《のきさき》で、マリーがコサージュを手に取って何やら見比べていた。

「やあ、マリーちゃん」

「あっ、良一さん――じゃなかった、領主様もキャリーさんのお店で買い物ですか？」

「いや、村の中を見て回っているんだよ。ところでマリーちゃん、そんなに無理しないで、前みたいに良一さんでいいよ」

「いえ、この前お父さんに〝ちゃんと領主様って呼びなさい〟って怒られちゃって……」

そう言って、マリーは小さく舌を出す。

「お父さんがいないところでは良一さん呼びでいいんじゃないか？」

「えへへ、じゃあ良一さん。ナシルお姉ちゃんにプレゼントしようと思うんですけど、この黄色とピンク、どっちが似合うと思いますか？」

二人のやり取りを聞いて、店の奥からキャリーが出てきた。

「ナシルちゃんだったら、ピンクがいいわね。可愛らしいあの子にピッタリよ」

「やっぱりそうですか、私もピンクが良いなと思ったんです！」

「そっちの黄色はむしろマリーちゃんに似合いそうね。あなたには明るい色が合うと思うわ」

「ええ⁉　私にはちょっと可愛すぎませんか？」

恥ずかしがるマリーの胸元に、キャリーは慣れた手つきで黄色い花のコサージュを取り付ける。

「何を言ってるの、女の子には可愛すぎるなんてことはないのよ。……ほら、やっぱり似合うわ。ねえ、良一君？」

「ああ、とても可愛いと思うよ」

二人に褒められて、マリーも満更《まんざら》でもない様子だ。

「じゃあ……二つとも買っちゃおうかな……」

「あら、ありがとう。マリーちゃんはよく来てくれるから、大サービスしちゃうわね」

「うわ、キャリーさん、どうもありがとう！」

満足そうに去るマリーの背を見送りながら、良一はキャリーに小声で尋ねる。

「いいんですか、あんなに安くしちゃって」

「いいのよ。お金を稼《かせ》ぐためではなくて、今みたいなやり取りを楽しみたくてお店をやっているんだから。女の子がオシャレして可愛くなるのを見るのが一番の幸せだわ」

キャリーの顔からも、とても嬉しそうな感情が見て取れる。

「正直《しょうじき》、こういう村だとちょっと浮いちゃうけど、マリーちゃんが来てくれてからはお客さんも徐々に増えているし、あの子には感謝しかないわ」


キャリーの店を出た良一は、領主館の建設現場に足を運んだ。

すでに一階部分が壁までできており、今は二階部分に取り掛かっている。

建設現場にはギオと、良一にとっては兄弟子にあたるファース達がいた。

「ギオ師匠」

「おう、良一じゃないか」

「今日は木材の搬入《はんにゅう》ですか」

「そうだ。いやー、良一のおかげで大分稼がせてもらっているぜ。また今度一杯飲もうじゃないか」

「是非。そうだ、村の拡張で伐採作業に影響はありますか？」

「いや、ココちゃんがモンスターを討伐してくれているから、最近は全くモンスターを見ていない。安全そのものだな」

ココは自分も何か手伝いたいと、毎日村の周囲のモンスター討伐を買って出ていて、ギオ達森で働く男からは大好評だ。

ファースも例外ではないらしく、ウットリとした顔つきで、ココの名前を口にする。

「ココちゃんは綺麗だし強いし、良いよなあ。この前も告白されていたぜ」

「え……!?」

何もないとわかっていても、告白という言葉で良一の心に動揺が走る。

「まあ、きっぱり断っていたけどな。告白した方も行商で来た若いやつだから、良一の仲間だって知らなかったんだ。勘弁してやってくれ。でも、村の男衆の間でも人気は高いぜ」

複雑な心中を顔に出さないように意識していても、師匠にはバレバレらしい。ギオは〝早く搬入を終わらせろ〟とファース達を追い払った後に、良一の肩を優しく叩いた。

「まあ、なまじ付き合いが長い分、一歩進むことに互いが躊躇《ためら》っているのもわかるが、男なら根性を見せるところだぞ」

「いや、ココとはそんな……」

ギオは皆まで言うなとばかりにバシバシと背中を叩き、そのまま無言で去っていった。

最後に、良一はコリアス村長の家に立ち寄った。

執務室《しつむ》では、村長とスロントが事務作業をしている最中だった。

「やあ、石川君、いらっしゃい。村の様子はどうだった？」

「お疲れ様です、村長。今日も平和で活気がありましたよ」

スロントも良一の意見に大きく頷き、同意を示す。

「確かに、イーアス村は素敵でござるな。財政も大きな問題はなく、殿が領主になって以来、全てがより良い方向に変わっていると言えましょう」

スロントの事務処理能力は見事で、村長の説明を聞けばすぐに理解してしまい、日ごとに腕に磨《みが》きがかかっているらしい。

「そういえば村長、領主館が完成したら、ギレール男爵がメイドと執事を手配してくださるそうなのですが、村の住人からも使用人を数人募《つの》りたいのですが」

「確かに、領主館が完成したらそのような人材も必要ですな。見習いについては、年頃の子供がいる家に聞いておきましょう」

「お願いします。スマル王女の要請《ようせい》でマーランド帝国に行く前には形だけでも整えておきたいですからね」

「マーランド帝国ですか……メラサル島からですと、随分と遠く感じますな」

「迷惑《めいわく》をかけますが、村の拡張計画の基礎は終わらせてから行くつもりなので、引き続き村のことを頼みます」

「かしこまりました」

「某も、殿の不在の間この村を守りましょう」

そうして二人の事務作業をしばらく手伝い、夕方には宿に戻ってメアやモアと遊ぶ……

これが良一の毎日の行動だった。

◆◆◆

しばらくそんな生活を続けているうちに、村はみるみる様変わりしていった。

最初に完成したのは、みっちゃんによるインフラ設備だ。各家庭への上下水道は、区画整理により新しく建てる家から順番に配備《はいび》している。

しかし電気に関しては、各家庭に電化製品が行き渡っているわけではない――というより、今のところ有効利用できるのが良一だけなので、当面は領主館などの一部施設に限ることにした。

当初、村民達は上下水道の利便性《りべんせい》について懐疑《かいぎ》的だったが、良一は各家庭に配備する前に村の広場に公衆トイレを設置して使い方を周知していった。

蛇口《じゃぐち》を捻ればすぐに水が出る水道のメリットはすぐに理解されたものの、水洗トイレには戸惑う者が続出した。

しかし、最初はおっかなびっくりだった村民達も、一度利用すると清潔《せいけつ》で臭いが少ない水洗トイレの魅力に気づき、今ではわざわざ公衆トイレで用を足そうとする者が毎日長蛇《ちょうだ》の列を作るほどだ。

そうした啓蒙《けいもう》活動のおかげで、ほぼ全村民がトイレと水道が完備《かんび》されている新しい家への移住を熱望しているので、区画整理に反対する者はいない。

むしろ、入居を求める者からの問い合わせが殺到《さっとう》し、コリアス村長の頭を悩ませている。

結局、新家屋の建設を村の大工だけに任せていると時間がかかりすぎるので、みっちゃんが主導して魔導甲機を導入することになった。

新築物件が完成したら、村民はクジで決めた順番通りに引っ越していく予定だ。転居が済んだ古い家は随時《ずいじ》取り壊して、道や新たな施設へと変えていく。

また、発展著《いちじる》しいイーアス村の噂《うわさ》を聞きつけてやってくる移住希望者も徐々に増えており、これにはスロントが対応している。

これほどの急な変化でも問題が出ていないのは、コリアス村長とスロントの手腕によるところが大きいだろう。

◆◆◆

それから二ヵ月後、ついに領主館が完成した。

この間、村の敷地は当初に予定していた二倍から三倍へと拡張していた。

村の周囲には防衛設備も十全に張り巡らせてあり、この世界で最先端《さいせんたん》の設備が揃った村になったと言っても過言ではない。

その中心部に、村のシンボルともなる二階建ての大邸宅が鎮座する。

イーアス村の木材がふんだんに使われていて、貴族屋敷然《ぜん》とした派手《はで》さはないが、上品で温かみのある外観《がいかん》だ。

「細部までこだわったから少し時間がかかったが、これで俺達の夢の館ができ上がった」

「ああ、後世まで誇れる仕事だぜ」

最後の仕上げとして良一の執務室の扉を取り付けたハンマルとナイルは、感極《かんきわ》まってその場で男泣きしはじめた。

「二人とも……。大工のみなさんも、ありがとうございます。とても素晴らしい館です」

良一がそう告げると、他の大工達から拍手が湧《わ》き起こった。

館の中には良一、メアとモア、ココ、マアロ、キャリー、みっちゃん、スロント、それぞれの個室があり、机やベッドなどの家具も設置済みだ。

喜色満面《きしょくまんめん》の職人達とその場で酒を酌み交わし、簡単な祝宴《しゅくえん》が開かれた。

「殿、いずれ正式な完成式典を開かねばなりませんな」

場が少し落ち着いたところで、スロントが声をかけてきた。

「そうか……キリカちゃんにも約束したしなあ。招待状とかも出した方がいいんだろうか」

「面識《めんしき》はなくとも、メラサル島の全領主には招待状を送った方がよろしいかと」

「そんなにたくさん来ると、準備が大変そうだな……」

　スロントの助言を聞いた良一は、思わずため息をついた。

「公都グレヴァールの商会に頼めば、行商人を派遣《はけん》して招待状を配達してくれます。返事が届くまで三週間はかかる見込みでござるから、式典は一月半後くらいがよろしいかと。それまでに当日の人手を確保せねばなりません」

「それに関してはギレール男爵が何人か派遣して教育してくれるみたいだから、明日にでもお願いに行ってくるよ」

「かしこまりました。某は村の中で使用人の仕事に就いてくれる者に話をしておきます」

「招待した人が最低でも一泊はしていくとしたら、宿が足りなくなるかもしれないな。全員館に泊めるわけにはいかないし……」

「そうでござるな。区画整理で空《あ》いた土地に、臨時《りんじ》の宿を建設しておいた方が良いかもしれませんな」

　屋敷が完成しても、なかなかゆっくりできそうにない良一だった。

　翌日、早速良一はエラルに向かった。

メア達にはイーアス村に残ってもらい、みっちゃんと二人だけで走って移動する。

獣道を使ったおかげで、馬車を使うよりも一日早く、二日目の夜にはエラルに辿り着いた。

二人は宿で一夜を明かし、翌日の午前にギレール男爵の領主館を訪ねた。

面会希望はスムーズに通り、すぐに応接室に案内される。

「やあ、久しぶりだね、石川士爵」

「ご無沙汰しています、ギレール男爵。急に押しかけてすみません」

「構わないよ。随分とイーアス村は栄《さか》えているようだね」

「まあ、なんとか」

「それで、今日はどうしたんだい」

「ええ、私の領主館が完成したので、そのお披露目会の招待状を持参いたしました」

良一はアイテムボックスから招待状を取り出して、ギレール男爵に差し出す。

「ついに完成したのか。是非私も伺おう。随分と立派な館らしいじゃないか」

「自分には大きすぎる館ですが……」

「なに、若き英雄にはそれくらいがふさわしいというものだよ」

「それで、以前お話しいただいた使用人の件ですが……」

良一が切り出すと、男爵は任せておけとばかりに大きく頷いた。

「もちろんわかっている。すでに人員はまとめてあるから、そうだな……準備も含めて二日後には出発できるであろう」

「ありがとうございます」

「ケロス、皆をここに連れて参れ」

「は。少々お待ちを」

少しすると、家宰のケロスが八人の男女を連れてきて、一人ずつ紹介してくれた。

「まずは私の甥《おい》の息子ポタルです。年は若いですが、私が教育をしているので、お役に立てるでしょう」

一列に並んだ使用人候補の中から、少し顔に幼さが残る青年が一歩進み出た。

「初めまして、ポタルと申します。石川士爵のご高名はかねてから伺っております」

ポタルは十七歳でまだ若いが、その割に物腰は落ち着いており、ハキハキと喋る爽《さわ》やかな青年だった。

「よろしく、ポタル君」

「続いて、当家の料理長の三男で、ランドといいます」

「ランドです。石川士爵は異国の料理に詳《くわ》しいとか。是非、教えていただきたいです」

ランドは二十九歳の男性で、ぽっちゃりとして優しそうな印象を受けた。

「よろしくお願いします。何か簡単なレシピをまとめておきますよ」

それから男性二人と女性三人の使用人を紹介され、最後に以前良一と挨拶を交わしたことのある少女が残った。

「最後は男爵様の次女、ナシア様です。男爵様からはメイド長としてお使いいただきたいとのことです」

「本当にナシア様をお預かりしていいのでしょうか？」

「不満かね？」

「いえ、決してそういう意味では……」

結局、男爵のごり押しに負け、良一が折れることになった。

「では、帝国に行くまでの間はお願いします」

「ええ、短い間ですが、石川士爵のお手伝いをさせていただきます」

他の使用人は期限を決めずにイーアス村に来てもらう予定だが、ナシアだけはそういうわけにもいかないので、良一が帝都に行くまでの間という条件で、なんとか折り合いを付けた。

「石川士爵、娘をよろしく頼むよ」

「はい」

なんだか違う意味の言葉に聞こえるな……と訝しみつつも、良一は頷いた。

使用人達を乗せた男爵家の馬車がイーアス村に到着したのは、それから五日後だった。

「お帰りなさいませ、殿」

「良一兄ちゃん、お帰りなさい！」

領主館に到着した良一を、スロントとモアが迎えた。

「ただいま」

馬車で三日の短い旅だったが、道中自分で何かしようとする度に〝領主様にそんなことはさせられません〟と、すぐに使用人の誰かに止められ、良一はすっかり気疲れしていた。

連れてきた使用人の紹介を一通り済ませたところで、スロントからも村で募った使用人の紹介があった。

スロントが連れてきたのは、男女二人ずつの合計四人。そのうち二人は良一にも見覚えがあった。

「トラスとマリーちゃん……二人とも、そこで何をしているんだ？」

マリーは森の泉亭の看板娘、トラスはギオの弟子で、ファースの弟だ。

「ああ。俺も領主館の使用人として働こうと思ってな」

「私もメイドさんとして働きたいです」

「いやいや、トラス、木こりの仕事はどうしたんだよ？　ギオ師匠の許可をもらったのか？　マリーちゃんも森の泉亭の手伝いがあるでしょ？」

「ちゃんと師匠から一発殴《なぐ》られてきたぜ。だけど、最終的には行ってこいって認めてもらった。これからイーアス村は変わっていくからさ、木こり以外の道を探したいんだ」

「私も、良一さんのところで働けば将来の役に立つと思って、自分の意志で来ました。お父さんとお母さんも元気だし、宿のお仕事は新しい従業員の人が入ったから、大丈夫です」

二人とも真剣な眼差《まなざ》しで良一に訴《うった》える。

「……わかった。そこまで言うなら、ナシアさんとポタル君の下で仕事を教わって」

「「ありがとうございます」」

こうして使用人が揃い、領主の館はようやく体裁《ていさい》が整いつつあった。

◆◆◆

いよいよ完成披露《ひろう》会当日。

良一達は朝から使用人総出《そうで》で準備にかかり、目が回りそうなほど忙しかった。

参加者の人数が多すぎて大広間が手狭《てぜま》に感じたため、急遽《きゅうきょ》領主館前の広場でのガーデンパーティーに変更した。

料理もランド一人では追い付かないので、公爵に随伴《ずいはん》してきた料理人にも手伝ってもらい、なんとか準備を整えたという有様《ありさま》だ。

　良一は招待客達の視線を一身に集め、緊張でがちがちになりながら挨拶を述べる。

「本日はイーアス村の領主館完成披露会にお越しいただき、ありがとうございます。こうして皆様の前に立つことができたのも、様々な巡り合わせの結果だと思います。今日は楽しんでください。乾杯！」

「「乾杯！」」

　良一の音頭で、宴会が始まった。

「ホーレンス公爵、今日はありがとうございます」

「なに、石川士爵が初めて貴族として主催《しゅさい》したパーティーなのだ、参加するのは当然だよ。しかし、少し見ない間にイーアス村は随分変わったものだ」

「公爵のお力添《ぞ》えで、なんとかここまでこぎ着けました」

「何を言うか、これはまさしく石川士爵達の努力の賜物《たまもの》だ。ふむ、私もイーアス村に別邸を建ててもいいかもしれないな……」

「恐縮です」

　その後も良一はみっちゃんとスロントを連れて招待客への挨拶に追われ、とてもではないが食事を口にする暇《ひま》はなかった。

　招待客の中には、成り上がり者の士爵の領地はさぞや辺鄙《へんぴ》な田舎村だろうと、舐《な》めてかかっていた者もいる。そんな者達も、領主館の大きさや整備の行き届いた村のインフラを見て、すっかり毒気《どくけ》を抜かれてしまったらしく、宴会は至って和《なご》やかなムードで進行した。

「武名だけでなく、領地経営の手腕もこれほどとは……」

「ぜひ我が町とも取引をお願いしたいものだ」

「これからのイーアス村からは目が離せないぞ」

会場のあちこちから、そんな声が聞こえてくる。

当然、多くの領主達から自分の領地にもイーアス村と同じインフラ整備をできないかと相談が寄せられたが、特殊な魔導機が必要だからと説明して諦めてもらった。

ようやく良一達の挨拶回りも一区切りしたところで、人垣《ひとがき》をかき分けてココがやって来た。

「良一さん、改めて完成おめでとうございます。村の皆さんの力が結集した、素晴らしいお屋敷ですね」

「ありがとう、ココ」

「その……私の部屋まで作っていただいて、なんだかすみません。こんな立派な館に住ませてもらうのは、やっぱり申し訳ないと言いますか……」

恐縮するココを見て、良一は自分だってと苦笑する。

「それを言ったら、俺だってこんな大邸宅に住むのは気が引けるよ。でも、今まで一緒に旅をしてきた仲間なんだから、遠慮せずに使ってほしいんだ。言ってみればここは俺達パーティの拠点みたいなものだ。またあちこち旅をして、ここに帰ってこよう」

「拠点……ですか。私にとってイーアス村は第二の故郷になるんですね」

「ああ、そう思ってもらえるように、もっと良い村にするよ。だから、今後も力を貸してくれ」

そう言って、二人は少し遠慮がちに握手《あくしゅ》した。

ココと話しているとマアロが料理を山盛りにした皿を持ってやって来た。

「良一、ランドも料理の腕が上がってきた」

「元々ランドさんは料理人なんだから当たり前だろう」

良一は返事をしながら、マアロから手渡された皿に載《の》っているオードブルを一口食べる。

サクサクとしたクラッカーの食感にクリームチーズの濃厚《のうこう》さとキノコの風味が合わさり、手が止まらない。

これも良一が持ってきたレシピ本を参考に、ランドが作った一品だ。

「マアロはずっと料理を食べていたのか？」

「ちゃんと妻の務めを果たしていた」

「どういう意味だ？」

「メラサル島の領主婦人と交流を深めていた」

「失礼なことはしてないよな？」

「もちろん」

後からマアロの近くにいたキャリーに話を聞くと、婦人方もマアロの妻発言を優しく受け止めて話を合わせてくれたようで、問題はなかったそうだ。

◆◆◆

披露会が終わってからも、招待客の見送りや後片付けなどで忙しい時間が続き、村が落ち着きを取り戻したのは、それから二日後だった。

「これで移住希望者の書類は全部か」

「はい、全部で五家族、二十九名でござる」

このところすっかり領主仕事が板についてきた良一は、スロントとポタルとともに書類整理に追われていた。

「イーアス村始まって以来の大規模移住だな」

「まだまだ新しい移住希望者が来ていますよ」

ポタルが積み上げた追加の書類を見て、良一がため息をこぼす。

「ありがとう、ポタル君。資料作りは大変だったろう？」

「いえ、ミチカさんから頂いたデータや、スロントさんの資料の完成度が高いので、苦労はしませんでした」

「しかし、木工業が主産業である当村に移住するにしても、職が少ないのが悩みでござるな。木こりばかり増えては森林資源が枯渇《こかつ》しかねないし、材料の木がなければ製材や家具作りもできない……どうしたものか」

資料に目を通しながら、スロントが悩ましげに頭を掻《か》いた。

「今は開拓や建築で人手が足りないくらいだけど、それが落ち着いてからのことも考えておかないとな」

「村民が増えれば村の規模も大きくなりますが、全員が村に益《えき》をもたらす者とは限りませんからな。慎重《しんちょう》に選ばねばなりますまい」

執務室で意見交換をしているうちにあっという間に時間は過ぎ、ナシアが食事に呼びに来た。

「士爵様、昼食の準備が整いました」

「わかった、すぐ行くよ」

ようやくギレール男爵家から派遣された執事やメイドがいる生活に慣れてきた良一だったが、家でくつろいでいる時まで士爵として振る舞わねばならないのを、少しばかり窮屈《きゅうくつ》に感じていた。

特にナシアは何かと良一の世話をしたがって過剰《かじょう》なところがある。良一は彼女から逃げるように部屋を出る。

食堂では、既《すで》に全員が席について良一達を待っていた。

「皆、遅くなってごめん。じゃあ、いただきます」

「「いただきます」」

テーブルの上には村で採れた食材を地球の調味料で味付けした料理が並んでいた。

おかずは鶏《にわとり》の照り焼きで、ご飯と野菜のスープが添えられている。

「士爵様、本日の昼食は、頂いたレシピから選びました」

「ランドさんの料理は食べる前から美味しいってわかりますよ」

ランドには日本から持ってきた料理道具や調味料を一通り渡してあるので、和食や洋食の定番メニューはある程度再現できる。

「そう言っていただけると嬉しいですね。私は士爵様に仕えることができて幸せです。士爵様の館の調理場は見たことがないものばかりで戸惑いましたが、ミチカさんから使い方を教わった今となっては、もう前の環境《かんきょう》には戻れませんよ」

領主館の調理場は魔道具をふんだんに使ってシステムキッチン風に作られていて、大人数の料理用に大釜や、大容量の冷蔵庫も備わっている。

給湯器に換気扇《かんきせん》、室内を明るく照らす室内灯も完備していて、こちらの世界の常識とはかけ離れた設備だった。

　ランド以外の使用人達も便利すぎるイーアス村の生活にすっかりはまってしまい、今では皆がずっとこの領主館で働かせてほしいと希望している。

　メアやモアもランドに懐いて、遠慮なく料理のリクエストをするようになった。

「ランド兄ちゃん、夜はハンバーグが食べたい」

「モア様、三日前もハンバーグでしたよ？」

「えー、ランド兄ちゃんのハンバーグなら、毎日でも食べたいよ！」

　住む家は変わったものの、モア達のおかげで相変わらず賑やかな食卓だった。

　しばし食後のお茶を楽しんでいると、ナシアが手紙を持ってきた。

「士爵様、ホーレンス公爵から手紙が届いております」

「ありがとう」

　手紙にはスマル王女の帝国留学の出発の日取りが確定した旨が記されていた。

　出発は半年後――年明け早々で、その一ヵ月前に開かれる発足式及び説明会に参加するようにとのことだった。

「留学は半年後か……。王都までの旅程《りょてい》を考えるとそんなに時間はないな」

「帝国訪問の件？」

　良一の呟きに、キャリーが反応した。

「はい。キリカちゃんも同行させる約束はよろしく……だそうです」

「責任重大ね。ところで良一君、それから皆も、帝国用の衣装《いしょう》は私が作るから、今度採寸《さいすん》させてちょうだいね」

「モアね、可愛いやつがいい！」

「メアちゃんのもモアちゃんのも、飛びきり可愛いお洋服を作るわよ」

それから本格的に帝国の言葉や作法を勉強して、出発に備えた。

といっても、良一は神様にもらった《全言語取得》アビリティのおかげで会話については最初から何も問題ない。しかし、アビリティの効果が及ばない読み書きには苦戦したのだが。

一方、メア達は意外にもすんなり帝国語をマスターしてしまった。

王国で使われる言葉と基本構造は同じで、発音や文字の形が違うだけなので、慣れれば早いらしい。

その他にも、空《あ》いた時間があれば料理を大量に作り、アイテムボックス内の食料を充実させていった。

◆◆◆

いよいよ、良一達が王都へ出発する日がやってきた。

この半年あまりで村の人口はさらに増しているが、管理は行き届いており、領地運営は順調だ。

館の門前で使用人や村人達に見送られながら、良一達一行は馬車に乗り込む。

「コリアス村長、村の留守を頼みます」

「任せておきなさい」

「ポタル君も、村に来て一年も経っていないのにすまないけれど」

「問題ありません。お気をつけて、領主様」

「スロントさん、何かあったら連絡してください。村の防衛、お願いします」

「任せてくだされ。粉骨砕身《ふんこつさいしん》で働く所存でござる」

スロントには腕時計型デバイスを複製《ふくせい》して渡して、遠距離でも連絡が取れるようにしてある。

以前まで通信可能距離は五キロメートルが限度であったが、イーアス村の近くの山の頂上に通信アンテナを設置したおかげで、通信可能距離が飛躍《ひやく》的に伸びた。

また、イーアス村はメラサル島の中央部に位置しているので、島内ならばほぼ全域で通信が可能である。

さらに良一は公爵に通信機をいくつか献上《けんじょう》して、公爵家が直接管理する土地にアンテナを建てることができるように交渉《こうしょう》中だ。実現すれば、今後イーアス村とのやりとりは一層スムーズになるだろう。

見送りの中には、今日でメイド長の任を解かれたナシアと、彼女を迎えに来たギレール男爵の姿もあった。

ナシアからは自分も帝国の旅に連れて行ってほしいと再三頼まれたが、キリカだけで手一杯な良一は頑《がん》として譲らず、同行を認めなかった。

「石川士爵の帝都での活躍を楽しみにしているよ。この旅でますます武名が轟くだろうな」

「男爵、友好のために帝国に行くので、戦闘はないはずですよ。ナシアさんも、今までありがとうございました」

「こちらこそ、短い間でしたが、お世話になりました」

「それじゃあ、出発しよう」

名残惜しそうなナシアの視線を振り切り、良一は御者《ぎょしゃ》に合図を告げた。

今回の帝都行きには良一、メア、モア、ココ、マアロ、キャリー、みっちゃんの七人でイーアス村を出て、ここにキリカが合流する。

小さくなっていく馬車を見守りながら、男爵が小声でナシアに話しかけた。

「結局、石川士爵を籠絡することはできなかったか、ナシア」

　ナシアとて、イーアス村に来てから何もしなかったわけではない。偶然《ぐうぜん》を装《よそお》って良一と密室で二人きりになったり、様々な場面で身体的な接触《せっしょく》を試《こころ》みたりした。

　しかし、その度に良一はマアロにローキックをくらい、ココから冷ややかな目で見られ、次第にナシアと二人きりになるのを避けるようになってしまったのだ。

「ええ。本当に真面目《まじめ》な……見た目通りの青年でした。士爵には搦《から》め手よりも直接ぶつかったほうが効果ありそうですね」

「そうか。彼は帝国でもまた何か偉業《いぎょう》を成《な》し遂《と》げて戻ってくるだろうから、期待して待っていよう」

「はい」

　男爵とナシアはそんなことを話し合っていた。

　一方、使用人達から離れ、ようやく貴族らしく振る舞う必要がなくなった良一は、気を抜いて馬車の座席の背もたれにだらしなく寄りかかる。

「ふう……こうして皆と馬車に乗るのは久しぶりだな。なんだか、ようやく日常に戻れた気がするよ」

「あら、モアちゃんの前なんだから、もう少しちゃんとしないと」

　隣に座るキャリーに注意され、良一は慌てて背筋を正《ただ》す。

「良一兄ちゃん、お膝《ひざ》に座っていい？」

「もちろんいいぞ」

「やったー！」

モアもこの半年で大分マナーなどを身につけて、しっかりした振る舞いができるようになっていたが、これぐらい元気が良い方が彼女らしい。

皆が本調子を取り戻しはじめた頃、馬車は公都グレヴァールのホーレンス公爵邸に辿り着いた。ここで一行にキリカが加わる。

ここからは馬車より高速な〝竜車《りゅうしゃ》〟に乗り換えて貿易港ケルクを目指し、公爵家が所有する船で大陸のクックレール港に渡る予定だ。

公爵邸では盛大《せいだい》な壮行会《そうこうかい》が開かれ、公爵をはじめ家中の使用人が総出でキリカを見送った。

「石川士爵、娘をよろしく頼むよ」

「はい、公爵様。微力《びりょく》ですが、力添えさせていただきます」

「帝国は危険なところではないだろうが、油断は禁物だ。帝国にはいまだに王国に恨《うら》みを持つ者も多いと聞く。結局海賊バルボロッサと帝国の繋がりも不明なままだしな」

「肝《きも》に銘《めい》じておきます」

今までも様々な人から忠告を受けておきながらそれを活かせなかったことを反省し、良一は気合《きあ》いを入れ直した。公爵達王国貴族の助力を得られない異国の地で何かあったら、自分の力でなんとかしなければならないのだ。

「キリカ、お前も帝国で己を高めてきなさい」

「はい。成長してきます」

キリカも父の激励《げきれい》を受け、いつになく真面目に応えた。

「それから石川士爵、頼まれていた土地の件だが、調整がついた。アンテナとやらの設置をしても構わないよ」

「ありがとうございます」

大陸側にもアンテナが設置できれば、何かあった際の連絡が取りやすくなる。

「では、気をつけてな」

使用人達の大声援を受け、竜車が出発した。

「メラサル島ともしばしお別れだな。帝国行きは不安もあるけど、頑張るぞ！」

久々の長旅でテンションが上がった良一が大きな声で宣言し、モアとメアが続く。

「モアもいっぱい大きくなる！」

「私も立派になります！」

「ええ!?　私も言う流れなの？　なら……私も立派に務めを果たすわ！」

恥《は》ずかしがりながらも、キリカも元気一杯に抱負《ほうふ》を語った。

「ところでみっちゃん、貿易港ケルクと大陸側のクックレール港でもアンテナの設置許可が出たよ。これでココノツ諸島にもアンテナを建てられたら、カレスティア大陸との通信も早くなるんだけどな」

「そうですね。しかし使用者が少ない現状でこれ以上アンテナを設置しても、費用対効果の面では好ましくありません」

「そうだった。あまり調子に乗っていたらダメだな」

みっちゃんに窘められ、良一はこのところの開発計画で金銭《きんせん》感覚がおかしくなっていたと気づき、自戒《じかい》した。

アイテムボックス内のものはなんでも複製できるといっても、相応の〝代金〟が必要になる。

インフラ整備を急ぐあまり、村の運営費用が底を尽きてしまっては元も子もない。

「マスター、早速スロントから通信です。イーアス村の領主館に設置しておいた警備型魔導機が、屋敷に侵入した四人の容疑者《ようぎしゃ》を捕獲《ほかく》しました。判断を仰《あお》いでいますが、いかがいたしましょう？」

「屋敷で働いている人に何か被害は出ているのか？」

「いえ、侵入時に勝手口が破壊されたのみで、負傷者《ふしょうしゃ》はおりません」

「なら、警備型魔導機に看守をやらせて強制労働でいいんじゃないか？　ドワーフの里との間の道の舗装《ほそう》も人手が足りないって報告があったからな。それと、留守中の警備はもっと厳重にしておこう」

「かしこまりました。そのように伝えます」

初《しょ》っぱなから領主の不在を狙った賊に水を差される形になり、良一は今回の帝国訪問に漠然《ばくぜん》とした不安を覚えたのだった。

◆◆◆

メラサル島の東端、貿易港ケルクから大陸に渡った良一達は、竜車を乗り継ぎ、無事に王都へと辿り着いた。

公爵から許可を得たケルクとクックレールには、それぞれカムフラージュした小型の中継アンテナを設置して、通信ラインを確保した。

良一達は公爵の王都別邸の使用を許可されており、王都滞在中はそこで寝泊まりする。

しかしココだけは母親が暮らす家があるので、しばらくは良一達と別れて親子水入らずの時間を過ごす予定だ。

移動の疲れもなんのその、良一達は公爵家の別邸に荷物を置いてすぐに、ココの母――

マナカと妹二人が暮らす家を訪ねた。

「マナカさん、お久しぶりです。元気そうで何よりです」

「あら、お久しぶりです、石川さん」

玄関を開けると、マナカが柔和《にゅうわ》な笑みで迎えた。

「「こんにちは、良一義兄《にい》様！」」

その後ろから抜群《ばつぐん》のシンクロ具合で元気よく挨拶したのは、ココの妹で双子《ふたご》のミミとメメだ。

二人とも犬の耳がぴょこぴょこと動いて可愛らしい。

「母上、ミミ、メメ。元気そうで安心しました」

「皆さんも元気そうで、さあ、中へどうぞ」

居間に通された良一達は、マナカが淹《い》れたお茶を飲みながら世間話に花を咲《さ》かせた。

「王都での生活には慣れましたか？」

「ええ。ここに来てからかれこれ一年になりますからね。そういえば、石川さんは亡者の丘を解放されたんですよね？」

「ええ、まあ……。あの時は慌ただしく王都を出発したので、挨拶できませんでしたね」

「王都はしばらく石川さんの話題で持ち切りでしたよ。ミミとメメも興奮しちゃって……」

苦笑するマナカの話を遮って、ミミとメメが良一に亡者の丘での話をせがむ。

「良一義兄様は群《むら》がる亡者を薙《な》ぎ払い、一騎当千《いっきとうせん》の活躍をしたと聞いています！」

「ドラド王の刃からココ姉様を庇《かば》って、一ヵ月死の淵《ふち》をさまよったというのは本当ですか⁉」

「んん⁉　二人とも、それはちょっと大げさというか……なんか事実と違うんじゃないか？」

二人に求められて、良一は噂として広まった自分の活躍に随時訂正《ていせい》を入れながら、亡者の丘での出来事を話して聞かせたのだった。


夕方になり、ココと別れて公爵家別邸に帰ると、何通か手紙が届いていた。

「今日王都に到着したばかりなのに……」

良一は驚きながらも使用人から手紙を受け取り、封《ふう》を切る。

差出人は、グスタール将軍にリユール伯爵《はくしゃく》といった、知り合いのお偉方《えらがた》からのようだ。

グスタール将軍の手紙には、旧ドラド王国の資料に従って調査した結果、新たな鉱山がいくつか見つかって騎士団も駆り出されて大忙しだと書いてある。そんな中、良一と顔繋ぎしてほしいという有力者が何人かいるらしい。

リユール伯爵からは魔導機の修復に手を貸してほしいという依頼の書状だ。

貴族達の攻勢の凄《すさ》まじさに、良一は思わず顔を引きつらせる。

「まあ、全部断れるものじゃないんだから、観念するしかないわね。メアちゃんとモアちゃんの面倒は私に任せて、みっちゃんと二人で行ってきなさい」

キャリーにポンと肩を叩かれ、良一は力なく頷いた。

「はい……」

次の日から、良一は昼に夜にと王都中を走り回り、有力者との面会に明け暮れることになった。

◆◆◆

有力者との面会などで忙しく過ごしているうちに、発足式の日がやって来た。

良一も正装《せいそう》に着替えてからキリカと一緒に王城に向かう。

王城の一室には数十人の貴族やその子供達が集まり、式の開始を待っていた。

出席者は比較的年齢が高めで、三十代から四十代の貴族が多い印象だ。

しばらく待っていると、物々しい雰囲気を纏った近衛《このえ》騎士の一団が会場に入ってきた。

「皆様、お待たせいたしました。式を開会いたします。国王陛下のご入場です」

出席者が一斉に頭を下げて礼儀《れいぎ》を示す中、国王、王妃《おうひ》、ケイレトロス第三王子、スマル第五王女が入室した。

式はつつがなく進行し、ケイレトロス王子とスマル王女の所信表明《しょしんひょうめい》、使節団員の簡単な紹介と使節団長の挨拶と続く。

王子と王女の学友として同行する学生達も一人ずつ名前を呼ばれ、キリカも立派に挨拶した。

最後に国王からの激励の言葉があり、発足式が終わった。

この後休憩を挟み、引き続き説明会が行われる。

休憩時間中、爽やかな笑みを浮かべたイケメンが握手を求めてきた。

「石川士爵、初めまして」

「は、はい！」

突然のことに戸惑いながらも、良一は握手を返す。

「スマル王女様の随行員《ずいこう》として使節団に加わるレウス・ダン・ゴロティスと申します。石川士爵と同じく、王国士爵位を授《さず》かっています。どうぞよろしく」

「石川良一です。初めまして」

「噂はお聞きしていますよ。ドラゴン退治に亡者の丘の解放など、あなたの勇名《ゆうめい》は軍でも知れ渡っています」

「ゴロティス士爵は軍に所属しているのですか？」

「ええ、王国騎士団神器隊に在籍《ざいせき》しています」

神器隊に属しているなら、神器が使えるということであり、自《おの》ずと彼の実力の高さが窺える。

「神器隊ですか。ドラゴンゴーレムの鎮圧《ちんあつ》の時に助けていただきました」

「駐屯《ちゅうとん》地の騎士隊長からは石川士爵も勇敢《ゆうかん》に戦っていたとお聞きしています。スマル王女のメラサル訪問の際に石川士爵も神器を使ったとか」

「いえいえ、偶然ですよ。あれから一度も神器を使えていませんから」

「一度お手合わせを願いたいものです」

「ははは、機会があれば」

そうこうしているうちに、説明会が始まった。

「それではこれより、マーランド帝国への使節団説明会を行います」

集まった貴族達は進行役の言葉に耳を傾ける。

「今回のマーランド帝国への使節団は、第三王子ケイレトロス殿下《でんか》並びに第五王女スマル殿下の留学に随行する形で派遣されます。したがって――」

王国外交院の実務担当官が、帝国への移動ルートや滞在先の屋敷の情報などを、事細かに説明していく。

向こうでの滞在先は帝国側が用意するそうだが、帝都郊外の館になる可能性もあるらしい。

　さらに、現在のマーランド帝国の様子や皇帝の人となりなどの情報も伝えられ、二時間ほどで説明会は終了した。

「石川士爵も参加するのだね。よろしく頼むよ」

　帰り際《ぎわ》、同じスマル王女随行の使節団員であるトドロキ男爵が話しかけてきた。

「トドロキ男爵、こちらこそよろしくお願いします」

　数十台程の整地用魔導機を保持するトドロキ男爵家は、リユール伯爵家を支える貴族の中でも有力な家である。

　トドロキ男爵は良一がリユール伯爵家の魔導機を修理したことを知っており、最初から良い印象を抱いているようだ。

「石川士爵に見てもらった魔導機は調子が凄く良いと、家臣に聞いたよ」

「少し整備をしただけです。お役に立てて良かったです」

「石川士爵が使節団に参加するなら、向こうでも安心だな」

　そこへ、留学生の一団に加わっていたキリカが戻ってきた。

「良一、一緒に帰りましょう」

　キリカはそう言いながら少し背伸びして、良一の腕を取る。

「いいけど、どうして腕を組もうとしているの？」

「いつもモアやマアロさんと腕を組んでいるでしょう？　今日は二人ともいないのだから、

私をエスコートしてちょうだい」

「でもなあ……人目もあるし」

「淑女《しゅくじょ》を待たせないでほしいわ」

キリカが大げさにぷいとむくれてみせるものだから、他の使節団員や学生達の好奇の視線が注がれる。良一は腕を組んで彼女を馬車までエスコートせざるを得なかった。

「それにしても、見事に分かれていたわ」

公爵家別邸までの車中で、キリカは集まった留学生に対する感想を漏らした。

「分かれていたって、どういう意味だい、キリカちゃん？」

「ケイレトロス王子の学友は有力な貴族の子弟ばかり。スマル王女の学友は家柄よりも能力的に優《すぐ》れた人が多かったわ。一般の人も結構いたし。あの様子だと王女の方から声をかけたんじゃないかしら」

「へー」

「スマル王女の帝国留学に対する意気込《いきご》みは強いわね」

◆◆◆

発足式からの一ヵ月は使節団員との交流や旅の準備などで慌ただしく過ぎ、ついに出発の日を迎えた。

護衛の騎士達が帝国使節団員に声をかけ、割り当てられた竜車に案内していく。

全部で数十の竜車からなる大車列なので、先頭が動き出しても最後尾の竜車が出発するまで時間がかかる。

帝都までは多少遠回《とおまわ》りでもホウライ山を迂回《うかい》して安全なルートを通るので、大体二週間の旅程らしい。

王家が所有する竜車は大きくて、作りがしっかりとしているため、揺れは少なく快適だ。

護衛も万全で、魔物や野盗《やとう》に襲われる心配はない。

日中は車内でモア達と遊んだり勉強したりしながら過ごし、気づいたら宿泊地に到着しているといった具合で、楽な旅だった。


王都を出発してから五日目の夕方、一団は整備された野営施設で野営の準備を進めていた。

使節団員は各自の竜車の近くでそれぞれ夕食をとる。

野営といっても、食事は全て随行している料理人が作るので、屋外《おくがい》で食べられるとは思えないレベルの豪華さだ。

「明日には北の大要塞《だいようさい》に着きます。そこからしばらく行くと帝国領です。帝国領に入ったら随行護衛隊を除いて、帝国軍と護衛を交代いたします」

「わかりました」

良一達は食事を待つ間、担当の護衛騎士から明日以降の説明を受けた。

「では夕食をお持ちいたしますので、お待ちください」

「もうそろそろ帝国領か。帝都はどんな景色なのかな。魔導技術が発展しているそうだから王都とは違うんだろうな」

「楽しみだね～」

すっかり観光気分の良一とモアと違って、マアロの表情は険《けわ》しい。

「帝都は魔都」

「魔都か……確かマアロの故郷のセントリアス樹国も、帝国と戦争していたんだよな」

「そう、帝国は悪。良一は私が守る」

帝国との戦争から三十年。人間にとっては世代交代が行われる時期だったが、長命なエルフや獣人にとってはまだ〝ほんの少し前〟という感覚である。

したがって、国民の大半をエルフが占《し》めるセントリアス樹国では、諸外国に比べて帝国への悪感情が強いのだ。

「まあ、マアロの感情は否定しないけど、今は少しだけ抑えてくれると嬉しいな」

「努力する」

マアロはぶすっとしながらも呑み込んでくれたので、場の空気が和やかなものに戻った。

翌日、一団は予定通り北の大要塞に到着した。

「ここが北の大要塞か、本当に大きいな。東の要塞よりも大きいんじゃないか？」

想像を超《こ》える大きさに度肝《どぎも》を抜かれ、良一はそびえ立つ巨壁をしばし呆然《ぼうぜん》と見上げた。

王国と帝国が戦争をしていた時にはこの要塞が最前線だったという。

建設されてからだいぶ経つので要塞の内部に古臭さは感じるが、しっかり手入れをされているのがわかる。

「ようこそ、北の大要塞へ。歓迎いたします」

要塞の司令官が頭を下げて王子と王女を迎えた。

「ケイレトロス殿下にスマル殿下、マーランド帝国から指定された受け入れ地点までは、我々王国騎士団北方守護隊がご案内いたします」

帝国外交院からの指示書に従い、カレスライア王国とマーランド帝国の間に設けられた緩衝《かんしょう》地帯で、護衛を帝国軍に引き継ぐ。

「よろしく頼むよ、司令」

「職務遂行《すいこう》お疲れ様です」

王子と王女も司令官へと声をかけ、一礼した。

王子達に続いて、良一達も要塞へと足を踏み入れる。

さすがに軍事施設だけあって要塞の中は質素《しっそ》だったが、部屋数は充分確保されており、貴族達には高官用の部屋が割り当てられた。

「良一兄ちゃん、メア姉ちゃん、探検しよ」

部屋で荷物を下ろすなり、モアが良一の袖《そで》を引っ張ってせがんだ。

「要塞内をか？　まあ出歩くなとは言われていないから、行ってみるか」

良一は他のメンバーに断りを入れ、メアとモアを連れて部屋を出た。

しばらく三人で手を繋いで要塞内を見て回ったのだが……

見えるのは壁と扉ばかりで、所々に立ち入り禁止の場所があって、結局同じところをグルグル回る羽目《はめ》になった。

「あんまり、おもしろくない……」

モアは早々に興味をなくしたらしい。

「モアにはちょっと退屈だよね。良一兄さんはどうですか？」

「要塞内は代わり映《ば》えしないからな。外に出てみるか」

良一は手近な衛兵に声をかけ、道を尋ねる。

「すみません、要塞の外の景色を見たいんだけど、屋上《おくじょう》に出られるかな？」

「そちらの通路の奥に階段がありますので、ご利用ください」

「ありがとう」

教えられた通路を進み、螺旋《らせん》階段を最上階まで上る。

突き当たりにある大きな鉄扉《てっぴ》を開けた瞬間、強い風が吹きつけた。

「おっと、モア大丈夫か？」

良一は慌ててモアの体を支える。

少し体勢を崩してしまったが、どうにか持ちこたえた。

「えへへ、平気だよ」

三人は冷たい風に目を細めながら屋上に出て、周囲を見回す。

「今日入ってきた門はあれだから……帝国は向こうだな」

帝国側は細い木がまばらに生《は》える荒涼《こうりょう》とした原野で、激しい戦争の跡《あと》なのか、大地にはところどころ不自然に抉《えぐ》れた部分があった。

広々としていて爽快《そうかい》ではあるものの、同時になんとももの悲しい気分になる、そんな景色だ。

「うーん、外の景色もいまいちだし、二人とも戻ろうか？」

「うん……あっ良一兄ちゃん、あれ！」

良一が屋内に戻ろうと踵《きびす》を返した瞬間、モアが帝国側を指差した。

すぐにメアも異変を察知したらしく、口をあんぐりと開けている。

「良一兄さん、山が動いています！　あれはなんでしょう」

「すごーい」

見ると、荒れ地の中にあった小山が突如《とつじょ》として盛り上がり、土埃を立てながら動きはじめたではないか。

「そんな馬鹿《ばか》な……何かの見間違いじゃないのか？」

わいわい言い合いながら様子を見ていると、要塞両端の監視塔から鐘の音が響いた。

カーンカーンと甲高《かんだか》い音が要塞中に鳴り響き、要塞内が慌ただしくなる。

「うるさーい」

モアが耳を押さえながらしゃがみ込む。

「凄い音だな。非常事態か？」

良一は片手でモアを抱きかかえ、もう片方の手でメアを引き寄せる。

部屋に戻るべきか思案していると、数人の騎士が屋上に上がってきた。

「申し訳ございません。第三種警戒令が発動しましたので、お部屋にお戻りください」

「わかりました。原因はあの山ですか？」

「左様です。マウントタートルの移動を確認しました」

どうやらあの小山は巨大なモンスターらしく、兵士達はその警戒にあたっているようだ。

「大丈夫なんですか？」

あれほど大きなモンスターがこちらに来たら大問題である。

しかし、心配する良一を横目に、兵士達は毎度のことといった様子で落ちついて警戒活動に当たっていた。

「ご安心ください。今回はこちらへは向かってきていないので、警戒態勢だけで終わるでしょう。少しの間部屋で待機していてください」

ここにいても警備隊の邪魔になるだけなので、モア達の手を引いて急いで部屋へと戻った。

「この騒ぎは何事?」

「何があったのですか、良一さん」

部屋に戻るとマアロとココが不安そうに尋ねてきた。

「マウントタートルとかいうモンスターが動いたみたいだ」

キャリーはマウントタートルについて知っているのか、良一の口からその名前を聞いて納得した様子だ。

「マウントタートルは帝国と終戦した後に、いつの間にかこの平野に現れた魔物よ。あまりに巨大で騎士団も討伐できずにいるの。気性《きしょう》は穏やかだから、刺激しなければ安全よ」

キャリーの説明を聞き、皆ほっと胸を撫で下《お》ろした。

マウントタートルの移動は周期的で帝国・王国間の緩衝地帯を周回しているだけだ。しかし万が一その巨体が王国領内に侵入した場合は甚大《じんだい》な被害が出るので、要塞は現在、帝国とマウントタートル両方に睨《にら》みをきかせているそうだ。

良一達が要塞に滞在した二日間のうちに警報は二度鳴ったが、結局何事もなく解除された。

◆◆◆

良一達が要塞に滞在している頃、帝都マーダリオンの城の一室で複数の男女が話し合いをしていた。

身につけているものも全てが一級品で、この場にいる者が皆高貴な身分だとわかる。

機密性《きみっせい》を高めるためか、会議室の窓は全てカーテンで覆われ、明かりはランタンのみ。護衛も必要最低限の騎士しかいない。

「それで、帝都内の活動は把握できているのか？」

部屋の中央に座るこの会議の最重要人物――皇帝ダドロスが口を開いた。

丸テーブルを挟んで皇帝の対面に位置する男が、手元の資料に目を通しながらそれに答える。

「今月も潜伏《せんぷく》先四箇所を第一皇子と騎士団の活躍により壊滅《かいめつ》しておりますが……依然《いぜん》とし

て全貌《ぜんぼう》を掴み切れておりません」

報告を聞いた皇帝が、わずかに眉《まゆ》を寄せる。しかし……

「ハッハッハ、心配ない。どんな企《たくら》みも俺が全て斬《き》り伏《ふ》せてくれるわ」

皇帝の右隣に座る人物――帝国ではナンバー2に位置する第一皇子が大きな声で静寂《せいじゃく》を破った。

機密性を高めるためにわざわざ防音対策をした会議室でも、大声を出してしまっては意味がない。

「兄上、会議の場では大声は慎《つつし》んでください」

第一皇子とは反対、皇帝の左隣に座る第一皇女が兄を諫《いさ》めた。

「……わかった」

むくれたように口を閉じる第一皇子を見て、周囲の者は苦笑を禁じ得ない。

「ごほん……失礼。では、引き続き資料をご覧ください」

流れを変えようと皇帝の質問に答えた男性が咳払《せきばら》いをしてから会議の進行を再開した。

資料にはここ半年の間に帝都で壊滅した邪神教団の潜伏先のリストが掲載《けいさい》されている。

「それにしても、潜伏先には貴族をはじめ魔術学院に各ギルドまで名を連《つら》ねている。根が深いな」

皇帝がため息混じりに言った。

「やはり、今回の使節団受け入れは時期尚早《じきしょうそう》だったのでは……」

「いや、逆だ。この機を利用しない手はない。教団も立て続けに潜伏先を潰されて鬱憤《うっぷん》が溜まっているはずだ。王国からの使節団の来訪を知れば、必ず何か行動を起こす。そこを叩き、不穏分子《ふおんぶんし》を一網打尽《いちもうだじん》にせよ」

皇帝の言葉を皮切《かわき》りに、参加者から議論が巻き起こる。

「しかし、使節団に万が一の事態があっては……」

「なに、王国側も薄々こちらの事情に勘《かん》づいている。その証拠《しょうこ》に、使節団には王国の懐刀《ふところがたな》である神器隊の隊員や、あのバルボロッサを打倒した者も同行しているというではないか」

「そうですな。こちらが大人数の護衛や武に優れた者も無条件に受け入れた時点で、裏があると考えるでしょう」

「万が一邪神教団が何かしでかしても、反宥和《ゆうわ》派に罪を被せれば良い」

亡者の丘と呼ばれていた旧ドラド王国が解放されて以来、帝国内では邪神教団の活動が活発化していた。

王国への憎《にく》しみを煽《あお》り、民を暴力へと駆り立てる教団の動きは、放置すれば戦争へと発展しかねない危険なもので、皇帝にとっても頭痛の種である。

邪神教団撲滅《ぼくめつ》は、カレスライア王国と友好を深めるためにも必須《ひっす》の条件だった。

「潰した潜伏先の中には帝都以外の都市もある。連中が各都市で行動を起こすやもしれん。充分に警戒せよ」

皇帝が会議を締《し》めくくった。

次の瞬間、今まで口を閉ざしていた第一皇子が再び暴発《ぼうはつ》した。

「奴らがどこに現れようと、俺が問題解決してくれるわ！」

空気を読まない兄に、第一皇女がピシャリと言い放つ。

「兄上は帝都で待機です」

会議室は色んな意味で静まり返った。

◆◆◆

「しばらく王国の地を踏めなくなるが、ともに頑張ろう。皆の者、出発だ」

「皆様と力を合わせ、帝国への留学外交を成功させましょう」

ケイレトロス王子とスマル王女の激励を合図に、使節団は護衛とともに要塞を出発した。

一団はマウントタートルを迂回して避けつつ、待ち合わせの場所を目指す。

「良一兄ちゃん、近くで見たらおっきいね～」

「確かに、本当に山だな」

要塞の屋上から見るマウントタートルと、竜車の窓から見上げるマウントタートルでは迫力が違う。

「私もこんなに大きな生き物は初めて見ました。向こうからしたら、私達なんて小さすぎて気にならないのかもしれませんね」

ココもしみじみと感想を漏らした。

マウントタートルは昨日も移動しており、活動周期的に考えて今日は進路を邪魔することはないであろうという判断が下された。

たとえマウントタートルが動いても、逃げるだけならば大して難しくはない。真正面《ましょうめん》からぶつかりさえしなければ良いらしい。


一団は無事マウントタートルをやりすごし、その日の午後には待ち合わせ場所である緩衝地帯に辿り着いた。

既に帝国側は簡易的な天幕を張り、ケイレトロス王子とスマル王女の受け入れ態勢を整えている。

「さあ、帝国の人と会うから身だしなみを整えなきゃな」

良一は竜車に乗っている間に少し乱れた服を整えて、手櫛《てぐし》で髪を撫で付ける。

メアとモアはみっちゃんに髪を梳《す》いてもらい、いつもより少しおめかしする。

慌ただしく準備を整えているうちに、竜車が動きを止めた。

「準備が整いましたので、移動をお願いいたします」

護衛の騎士が外から竜車の扉を開けて移動を促す。

「同行者の皆様も、あちらで入国のサインをお願いします」

竜車の周囲には王国の護衛の騎士だけでなく、帝国の意匠《いしょう》が入った鎧を着た騎士の姿もあり、ついに帝国へ入るという実感が高まる。

騎士に案内された大きな天幕の中には、帝国の役人が二十人ほど立って待っていた。

どうやら彼らは、帝国の外交院や内務院に軍務院などの役人らしい。

「カレスライア王国の使節団の皆様、遠路《えんろ》はるばるようこそお越しくださいました」

帝国の役人による定型文のような挨拶の後、入国手続きが始まった。

手続きといってもそれほど厳重ではなく、名前と身分を確認され、書類にサインを書いて終わりだ。

貴族と使用人はグループごとにひとまとめにサインする。

「石川士爵夫人も、こちらにサインをお願いします」

良一からペンを受け取った若い役人が、後ろに控《ひか》えるみっちゃんに声をかけた。

どうやら彼はみっちゃんを良一の妻だと勘違《かんちが》いしているらしい。

「違う」

マアロが怒気《どき》を含んだ声で否定した。

「私は使用人です」

一瞬硬直《こうちょく》していた役人は、みっちゃんの言葉でようやく状況を理解し、慌ててマアロにペンを差し出した。

「大変失礼いたしました。では、石川士爵夫人」

何食わぬ顔でマアロがペンを受け取ろうとするので、良一は帝国の役人に訂正を入れる。

「自分はまだ独身です。こいつが勝手に言ってるだけなんで」

「た、大変失礼いたしました……！」

そんな一悶着《ひともんちゃく》があったが、一行は無事に帝国への入国手続きを終えた。

◆◆◆

使節団は早々に緩衝地帯を抜けて帝国領へと入った。しかし、そこから帝都までの距離がなかなか縮《ちぢ》まらない。行く先々で歓待《かんたい》を受け、連日連夜の宴会三昧《ざんまい》である。

一行は今、帝国の中でも歴史のある古都、オゲイレルに滞在中だ。

今夜は帝国貴族の子息達と王国からの留学生の文化交流という名目で、舞踏会《ぶとうかい》が開かれている。

良一達は留学生ではないが使節団の中でも比較的若手なので、キリカの同伴者として例外的に招待された。

人数の都合で、参加したのは良一とマアロ、キャリーの三人だけだ。

この町の領主であるオゲイレル伯爵の居城の大広間では、きらびやかな衣装を纏《まと》った若い男女が、音楽にあわせて優雅《ゆうが》に踊《おど》っていた。

若い学生が少し勇気を振り絞って異性をダンスに誘う――そんな姿があちこちで見受けられる。

「良一達は踊らないの？　遠くから女学生が見てるわよ？」

グラス片手に壁際《かべぎわ》の椅子でくつろいでいる良一達に、キリカが声をかけた。

「俺もさっきまでマアロに付き合わされて踊ってたんだ。一曲だけのつもりだったんだけど、やめ方がわからなくて三曲続けて踊らされたよ」

良一は自分のふがいないステップを思い出して苦笑する。

「キリカちゃんは、あっちの学生達のダンスに参加しないのかい？」

「私も、もう三曲も踊ったから、ちょっと休憩よ」

「お疲れ様。それにしても、マアロはどこでダンスなんて覚えたんだ？」

「淑女の嗜《たしな》み」

普段食べてばかりで芸事《げいごと》には縁がなさそうなマアロだったが、意外にもダンスが上手で、音楽に合わせて素人《しろうと》の良一をしっかりリードしてみせた。

「良一君も使節団の一員なんだから、交流のために何人か帝国の女性を踊りに誘わなければいけないわよ。なんといっても、王国と帝国の友好のためなんだから」

意気消沈《いきしょうちん》気味の良一に、キャリーが発破《はっぱ》をかける。

「確かにそうですね。でも、俺は踊りが下手なんですよ」

「そんなの、気合いで乗り切りなさい」

良一が覚悟を決めて立ち上がると、キリカも同じタイミングで席を立ち、手を差し出した。

「私も休憩は終わり。ダンスフロアへ行くなら、私と一曲踊ってくれない？」

「一曲だけなら。キリカ様、お相手願えますか？」

「喜んで」

それからダンスフロアでキリカと一曲踊った後、良一も帝国の女性に何度か声をかけた。

幸いにも誘いを受けてもらえたので、拙《つたな》いながらも文化交流をはかれたであろう。

踊りながらちらりと見ると、マアロは帝国の男性の誘いを全て断り、料理を食べることに精を出していた。

「まったく、何しに来たんだか……」

肉体よりも精神的な疲労が激しい舞踏会だった。

◆◆◆

結局、良一達はオゲイレルに二泊してから出発した。

次に使節団が立ち寄ったのは帝都に近い公都ドレイアス。神殿が二つも存在する大きな町だ。

ここが最後の経由地になり、あとは帝都に向かうだけである。

「良一兄ちゃん、ここはどんな町なのかな？」

「護衛の話では、ゼヴォス様の神殿があるらしい。参拝に行かないとな」

神殿と聞き、マアロの目の色が変わる。

「凄く大事」

「初めての国外の神殿がゼヴォス様の神殿だからな、お布施もちょっと多めにしておこう」

その日の夕刻に公都ドレイアスに着いた使節団は、町の中心部にそびえるゼヴォス神殿に程近《ほどちか》い宿に向かった。

「石川士爵はどちらの神殿に行くんだい？」

竜車から降りた良一に、ゴロティス士爵が話しかけてきた。

「自分はゼヴォス様の神殿に行こうかなと」

「そうか、では明日は別行動だね」

「ゴロティス士爵はダイコク様の神殿ですか？」

「ああ。王国騎士団で武に携《たずさ》わる者としては、ダイコク様の神殿に参拝したい」

警備上の都合で使節団の行動は制限を受けており、自由に神殿を参拝するわけにはいかない。

明日の日中、希望者は二つの神殿のうちどちらかに護衛を引き連れて参拝する予定になっている。

「良一兄ちゃん、疲れた〜」

「今日は一日中竜車に乗っていたもんな。明日も予定があるから早く寝よう」

良一達には四部屋割り当てられているが、一部屋で四人が泊まれるほど広いので、その日は半分の部屋に分かれて休んだ。


そして翌日。良一達は帝国の護衛に囲まれて神殿に向かった。

王子と王女も二手に分かれ、ゼヴォス神殿にはスマル王女が、ダイコク神殿にはケイレトロス王子が参拝する。

護衛騎士達の無駄のない動きからは練度《れんど》の高さが窺える。

「カレスライア王国の皆様、ようこそゼヴォス様の神殿においでくださいました。私は当神殿の神官長を務めるマダファと申します」

「マダファ神官長、お出迎えありがとうございます。使節団を代表してご挨拶させていただきます」

王女が代表して挨拶を述べた。

「では皆様の案内を神官にさせますので、スマル王女はこちらにどうぞ」

スマル王女と護衛の騎士はマダファ神官長が直々に案内し、その他の使節団員は爵位が高い順に個別に神官の案内を受ける流れだ。

良一達の順番が回ってきたのは最後の方だった。

「神官見習いのナームと申します。石川士爵様お待たせいたしました。こちらへどうぞ」

案内役で来たのは、白い簡素な服を着た少女だった。

十六歳くらいで、にこやかな笑顔が好ましい。

「ではナームさん、案内をお願いしま――」

良一が一歩踏み出そうとしたところ、マアロが先んじて前に進み出た。

「水の属性神ウンディーレ様に仕える神官、マアロ・フルバディ・コーモラス」

マアロはウンディーレから授かった指輪をこれ見よがしに見せつけながらナームに名乗った。

ナームは指輪を見て一歩後ろに後ずさったが、すぐにその動きを誤魔化《ごまか》した。

「はあ……水の属性神ウンディーレ様の神官であらせられるのですね」

「今日は石川士爵のお供で来た」

「そうなのですね。こちらにどうぞ」

ナームは一瞬眉をひそめたものの、すぐに笑顔を取り繕った。

良一達が案内されたのは、神殿内にある部屋の一室だ。ナームはお茶の準備をしてきますと言ってすぐに出ていった。

「なあマアロ、どうして指輪を見せたんだ？」

「見習いとはいえナームは神官。それなのに、ゼヴォス様の神意を感じない。だから指輪を見せて確かめた。指輪の力に恐れをなしたから、多分偽物《にせもの》」

マアロは少し顔をしかめてさらに続ける。

「あの女の他にも、この神殿には何人か偽物の神官がいる。ゼヴォス様への信奉心《しんぽう》もなく、他の神への敬意も払わない者は不敬《ふけい》」

口《ま》をへの字に曲げて不快感を露わにしたマアロは、ソファにどすんと座り込んだ。

「使節団が大人数で来たから、急遽応援に駆り出された人なんじゃないか？」

「神官の人数が少ない場合は敬虔《けいけん》な参拝客に応援を頼むことはある。けれど、あのナームという女はそんな敬虔さとは正反対」

「まあ、不審《ふしん》な人物が紛れ込んでいるというなら、警戒するに越したことはないか」

小声で会話をしていると、そのナームがお茶の入ったポットを持って戻って来た。

「お待たせいたしました。この地方特産のお茶です。どうぞお召し上がりください」

ナームはカップに少し甘ったるい香りがするお茶を、全員分のカップに注いだ。

偽者だなどと聞いたせいで、良一は思わずその仕草をマジマジと見つめてしまい、ナームに怪訝《けげん》な目をされた。

いつもならお茶や菓子を出されたらすぐに手を出すマアロが、今日はカップに手も触れず、キャリーもきつい視線をカップに注ぎ続けるのみ。

ココはカップを手に取って匂いを嗅《か》ぐが、首を横に振って口を付けなかった。

どうやら三人ともこのお茶に違和感《いわかん》を覚えたらしい。

「独特の香りがするので最初は慣れないかもしれませんが、美味しいですよ？　ドレイアスにいらっしゃった方は皆お土産に買っていきます」

ナームは笑顔を崩さず茶を勧め、変な空気を変えようと話題を振ってくるが、努力虚《むな》しく時間だけが過ぎていく。

「すみません。お話ししていたら喉が渇いてしまいました。私もお茶を頂いてよろしいでしょうか？」

「もちろん。遠慮せずにナームさんもどうぞ」

「ありがとうございます」

良一の許可を得たナームは、自ら予備のカップにお茶を注いで毒などないかのように美味しそうに飲んだ。

しかしマアロ達は警戒を解かず、黙ってメアとモアとキリカのカップを遠ざける。

ナームも諦めたのか、それ以上お茶を勧めるのはやめて部屋の隅《すみ》に移動した。

しばらくすると、別の神官が呼びに来た。

「お待たせいたしました、石川士爵。参拝室にご案内いたします」

一刻も早くこの場を去りたい良一は、これ幸いとばかりに席を立つ。

一行が通されたのは天井から床まで凝った装飾《そうしょく》が施《ほどこ》された大きな部屋だった。

奥にある祭壇《さいだん》の前で待っていた老齢《ろうれい》の女性神官が、愛想《あいそう》良く微笑んで良一達を迎える。

「主神ゼヴォス様も皆様の参拝に喜んでいらっしゃいます。では、僭越《せんえつ》ながら私が祈祷《きとう》を捧《ささ》げさせていただきます。ご着席ください」

老齢の女性神官の言葉に従い、部屋に用意された椅子に腰をかけて目を瞑り、祈りを捧げる。

祈祷は何事もなく終わり、良一達は参拝室を後にした。

神殿の敷地内の広場では参拝を終えた使節団の面々が話をしており、良一達もその一団

ない。

特に混乱した様子はないので、毒を盛られた可能性があるのは良一達だけなのかもしれ

に加わった。

「良一、体は大丈夫？　何か異変はない？」

神官の目が離れるとすぐに、マアロが良一を気遣《きづか》った。

「ああ。痺《しび》れも何もないよ」

結局お茶には口をつけていないが、良一は体の調子をアピールする。

「あれは帝国の間者《かんじゃ》だったのかしら？　良一君は海賊バルボロッサを討伐したから、恨《うら》まれているかもしれないわ。何しろ、あの海賊は実質的に帝国海軍だったし」

「そうですね。他に考えられるのは、王国との宥和政策に反対する勢力の仕業とか……」

キャリーとココがそれぞれの見解《けんかい》を口にした。

「なるほど。とにかく、気を引き締めないとな。でも、さっきの飲み物にはどんな効果の毒が入っていたのかな」

一口に毒といっても、致死性《ちしせい》のものから精神に影響を及ぼすものまで色々ある。

そんな良一の疑問に、思わぬ方向から答えが返ってきた。

「その毒は普通なら命にかかわるほど強力なものです」

声がした方を振り向くと、そこには神官風の出《い》で立ちをした白髪《はくはつ》の男性が立っていた。

主神ゼヴォスの使者であり、良一をこの世界に導いた神白《かみしろ》ことミカエリアスだ。

相変わらずの神出鬼没《しんしゅつきぼつ》ぶりだが、高位の神官にしか見えない彼の存在はこの場に溶《と》け込んでいて、突然の出現を不審がる者はいなかった。

「――っ⁉　神白さん、どうしてここに？」

良一は驚きを押し殺しながら小声で聞いた。

「我が主神を祀《まつ》る神殿内に邪神の気配を感じたので、注意していたのです」

「邪神の気配があったんですか？」

「一瞬だけ、それもほんの微弱《びじゃく》な気配でしたが。しかし、主神の神殿内で感じること自体が異常なのです」

「確かに。……邪神絡《がら》みだとすると、あの毒は相当危険なものだったんでしょうね」

「はい。これが石川さん達に出された毒物です。神の加護を複数所持している皆様が死に至ることはありませんが、身動きできなくなるくらいには強力です」

神白は話しながら紫色の毒々しい液体が入った小瓶《こびん》を取り出した。

「あのナームという少女は邪神の教徒です。他にも邪神の教徒が何人か入り込んでいましたね」

「やっぱり、おかしいと思った」

自分の直感が間違っていなかったとわかり、マアロは得意げに胸を張った。

神白は穏やかな笑みを浮かべて語りかける。

「マアロさん、あなたの力は石川さんの助けになります。これからも彼を支えてあげてください」

「もちろんです。私の持てる力の限り助力させていただきます」

マアロはいつになく真面目な顔で深く頭を下げた。

「邪神教徒達の目的はなんだったんですかね」

「邪神は人間の負《ふ》の感情を好みます。恐らく、王国と帝国の間に戦争を引き起こしたかったのでしょう。戦争が巻き起こす負のエネルギーは莫大ですからね」

「帝国の反宥和派に邪神の教徒が交ざっているってことですか」

「はい。しかし、神罰を執行《しっこう》するには条件が足りません。彼らは邪神と契約し、能力を行使していますが、まだ邪器は使用していません。私が今顕現《けんげん》したことにより、ナームを含む邪神教徒は自分達の存在が露見《ろけん》したと悟ったでしょう。しばらく襲ってこないと思いますが、気を付けてください」

神白はそう言い残して、フッと消えてしまった。

「マアロの言う通りだったな。これからも頼むよ」

「任せて」

良一は事の重大さを思い知り、改めてマアロに感謝を伝えた。

ここで、今まで黙り込んでいたキリカが、ようやく口を開いた。

「今のってどなた？」

「知り合いの神白さんだよ。こっちではミカエリアス様って名前らしいね」

「ミカエリアス様って――ええっ⁉」

キリカは神白と会うのが初めてだったようで、名前を伝えると驚いていた。

良一達は神白の忠告に従って、ナームや他の怪《あや》しい神官の動きに目を光らせていたが、再び怪しい人物が近づいてくることはなかった。

未遂《みすい》に終わった以上、不用意に事を荒立《あらだ》てるわけにはいかない。

念のため護衛騎士に報告を入れ、邪神教徒の存在を警告するだけに留《とど》めた。

騎士は良一の話を聞いてもあまり驚いた様子を見せなかったので、騎士団側でも何か情報を得ていたのかもしれない。

◆◆◆

神殿での襲撃未遂に関する報告は帝都にも届いていた。

「また教団の接触があったのか」

皇帝は苦虫《にがむし》を噛み潰したように顔をしかめる。

使節団が国境から帝都までの道中で歓待を受けている間、帝国騎士団は各地で様々な邪神教団の企みを未然に防いでいた。

しかし、神殿では王女周辺を重点的に固めた結果、良一達末席の貴族の警護が手薄になってしまったのだ。

役人は冷や汗をかきながら報告を続ける。

「幸い被害はなく、騎士団の精鋭《せいえい》が何人かの教団員を確保しました。これで新たな潜伏先も判明するはずです」

「だが、今回は接触を許した。この襲撃に王国側の使節団は気づいているのか？」

皇帝の指摘で、秘密会議の場は重苦しい空気に包まれた。

「騎士団に潜《もぐ》り込ませている間者の報告では何人か不審がっている者がいるようですが、確証《かくしょう》までは得ていないと思われます。ただ……使節団の一人である石川士爵からは、具体的に邪神教団の名前が出たという報告が上がっております」

「石川士爵……その名前に覚えがあるな。確かバルボロッサを倒し、ドラド王を打倒した男か」

良一の名前も取り上げられながら会議は進んでいく。

「あと数日で使節団が帝都に到着する。アンゼリカ、例の計画はどうなっている？」

皇帝の問いかけに第一皇女が答える。

「既に協力を得ており、あとは使節団の方々を受け入れるばかりです。話の持っていき方ですが……スマル王女側の使節団の面々が優秀なようなので、そちらの方々にと思います」

「帝国の発展を妨《さまた》げる者どもを根絶《こんぜつ》せよ」

使節団の受け入れに活気づく裏で、様々な思惑《おもわく》が絡み合う帝都だった。

◆◆◆

使節団はついに最終目的地である帝都マーダリオンに到着した。

沿道には帝国民が詰めかけ、使節団を一目見ようと押し合いへし合いしている。

帝都で最も目立つ建物は、巨大な城壁《じょうへき》の奥に見える城だ。王都のレイア城よりも大きく、その無骨《ぶこつ》なたたずまいは周囲に睨みをきかせるかのようだ。

「ここが帝都か。デカいな」

良一は竜車の窓から身を乗り出し、初めて見る帝都の印象を口にする。

「おっきいね～」

「大きいです」

モアもメアも圧倒されて〝大きい〟しか感想が出てこない。

しかしマアロはお気に召さなかったようで、だんまりを決め込んでいる。

竜車は帝都南門を潜《くぐ》り抜け、帝国の民の歓声を聞きながら帝都中心にそびえる城の前まで進んだ。

良一達は城門前の大広場で竜車を降り、身だしなみを整えながら入場許可を待つ。

そこへ、頭上から大きな声が響いた。

「よくぞ来た、カレスライア王国使節団の者達よ。歓迎しよう！」

声が発せられた方向を見上げると、城のテラスに深紅《しんく》の頭髪が目立つ三十代くらいの男性が立っていた。身を包む黒い服の隙間《すきま》から見える腕や首は太く、遠目にも鍛え上げられた肉体の持ち主であるとわかる。

「俺の名前はゲイル・ダリオン・マーランド。マーランド帝国の第一皇子で、次期皇帝だ」

男は大声でそう宣言したが、あまりに尊大《そんだい》で突拍子《とっぴょうし》もない行動に使節団員は戸惑い、中には本当に皇子なのかと疑う素振《そぶ》りを見せる者もいた。

そんな中、スマル王女がいち早く反応し、優雅《ゆうが》にお辞儀《じぎ》してみせた。

「ゲイル・ダリオン・マーランド殿下、お出迎え感謝いたします。カレスライア王国第五王女スマル・カレスライアです。階下からご挨拶する無礼《ぶれい》、お許しください」

「構わんぞ、俺は器が大きいからな」

二人がやり取りする傍ら、ケイレトロス王子は尻込《しりご》みをしているのか黙ったままだ。

一方、テラスの上では慌てて駆けつけた帝国の役人が、この場を収めようとてんやわんやしている。

「皇子、カレスライア王国使節団の面前ですぞ、普段の振る舞いはお控えくださいませ」

ゲイル皇子は役人の言葉など聞く耳を持たず、使節団に向けていかに自分の器が大きいかを話しはじめた。

「俺は敬意を示す者には寛容《かんよう》だ。女子供であろうが平民であろうが関係ない。武勇《ぶゆう》が優れていれば、一兵卒《いっぺいそつ》だろうと友と呼ぶのを憚らん——」

捉《とら》えようによってはケイレトロス王子やスマル王女を侮辱《ぶじょく》していると思われても仕方がない口ぶりだが、本人にはまるでその自覚はないらしい。

役人達の態度から、どうやら本当にゲイル皇子その人だと確信したものの、使節団の面々は皇子にどう対処すれば良いのかわからず、黙って話を聞いていた。

そんな中……

「兄上、使節団の方々は長旅で疲れておられるのです。歓迎式典まで城内でお休みいただくのがよろしいのでは？」

ため息が出るほどの美女が登場し、皇子を諫《いさ》めた。

上品な黒いドレスに、皇子と同じ美しい真っ赤《まか》な長髪が映《は》える。すらりと伸びた手足は長く、肌は絹《きぬ》のように白い。あまりの美しさに見とれて、使節団の面々は呆然と立ち尽くした。

「そうだったな。使節団の方々を案内して差し上げろ」

謎《なぞ》の美女の言葉に納得したらしく、ゲイル皇子は大声で笑いながら従者とともに城内に戻っていった。

「兄の無礼、申し訳ございませんでした。夜の歓迎式典まで、ゆっくりとおくつろぎくださいませ」

美女は頭を下げて第一皇子の後を追うように城へと戻っていった。

美女の姿が見えなくなった途端《とたん》、良一達は我に返ったように動きはじめた。

全員が少し興奮気味に囁きあう。

「凄く綺麗な人でしたね、良一兄さん」

「本当だな。あんな美人、見たことないよ」

「絶世《ぜっせい》の美人」

普段ならば良一が他の女に目を奪《うば》われると腹を立てるマアロまで、その美しさに驚いていた。

他の使節団の面々もゲイル第一皇子のことなどすっかり忘れた様子で、美女の話で持ちきりである。

興味を覚えた良一は、近くにいた役人に声をかけた。

「先程の真っ赤な髪の女性は皇族の方ですか？」

「あのお方は帝国の第一皇女、アンゼリカ様でいらっしゃいます。皇帝陛下と第一皇子に面と向かって意見できるのは、あの方くらいのものです」

役人もアンゼリカ皇女のことになると饒舌で、良一達が案内を待つ間に様々な逸話《いつわ》を語って聞かせた。

「アンゼリカ様は帝国一の美姫《びき》と評判で、国内外を問わず、多数の婚約を申し込まれていますが、全て断っていらっしゃいます。しかし、ただ美しいだけの方だと思ってはいけません。神の加護を持ち、精霊とも契約した実力者なのです。二年前には帝国騎士団と合同で竜を討伐したほどですからね」

「そんなに凄い方なんですね。人気があるのも頷けます」

ようやく帝都に着いた良一達だったが、初《しょ》っぱなから驚かされてばかりだった。

◆◆◆

二時間の休憩の後、歓迎式典が開かれた。

良一達はこの日のためにキャリーがあつらえたとっておきの正装でめかし込み、十分前に会場に入った。

「遠路はるばる我がマーランド帝国へようこそ。ケイレトロス王子にスマル王女、それにカレスライア王国使節団の諸君も、両国のこれからの友好を育《はぐく》もうではないか」

マーランド城の大広間に、皇帝ダドロスの太い声が響いた。

そんな中、皇帝が自らケイレトロス王子とスマル王女に歩み寄り、握手を求めた。

「久しいな、ケイレトロス王子、スマル王女」

「ほっ、本日はこっ、このような盛大な歓迎式典を開いていただき、こっ、光栄です」

「陛下も相変わらずご健勝《けんしょう》そうで何よりと存じます」

緊張で声がうわずる兄を横目に、スマル王女は大人顔負けの優雅な挨拶で応えた。

「うむ。二人と会うのは二年程前の王国での会議以来か。健《すこ》やかに成長しているようだな。此度《こたび》の留学で経験を積み、さらなる成長を期待しているぞ」

「「ありがとうございます」」

トップ同士の挨拶が終わり、式典は食事会へと移り変わる。

湯気を立てる料理が次々と運び込まれ、会場は食欲を誘う匂いで満たされた。

豚や仔牛《こうし》の丸焼き、見たこともない野菜をくり抜いて器にした魚介のスープ、新鮮《しんせん》な野菜や果物、見た目にも美しいスイーツの数々……。贅《ぜい》を尽くした帝国料理がテーブルの上を彩《いろど》る。

貴族達の杯は最高級のワインで満たされ、酒が飲めない若い留学生達には搾《しぼ》りたての果実のジュースが振る舞われた。

「今宵《こよい》は旅の疲れを癒《い》やし、大いに楽しんでほしい。乾杯！」

「「乾杯！」」

皇帝の音頭で、宴が始まった。

いたるところで使節団と帝国貴族が挨拶を交わし、式典は終始《しゅうし》和やかなムードで進行した。

良一もみっちゃんに添削《てんさく》してもらった例文を参考に、つっかえながらも挨拶をこなしていく。

帝国魔法学園の有志の学生による魔法演舞や、留学生らの歌唱といった催《もよお》しも好評で、会場は明るい雰囲気に包まれた。

こういった場に慣れていないメアとモアは緊張気味ではあるものの、貴族子弟に引けを取らないくらいお行儀良く料理を口に運んでいる。

「モアはナイフとフォークの使い方が上手くなったな」

「うん。ナシアさんが、帝国に行くならちゃんとしなさいって、教えてくれたの」

「マナーを身につけるのは良いことですよ。私も本当はお箸《はし》で食べる方が好きですけど、良一さんと一緒に行動していると会食とかパーティーが多くて、慣れてしまいました。でも、こういう雰囲気はやっぱり苦手《にがて》です」

ココは周囲の目を気にして、少しはにかむ。

キャリーが作ったドレスに身を包んだココは目を見張るほど美しく、日頃の鍛錬《たんれん》で引き締まった健康的な体のラインや意志の強そうな瞳は、貴族令嬢《れいじょう》とはひと味違う色香《いろか》を醸し出しており、自然と男達の目を引く。

彼女は帝国側の若い男性からのお誘いをやんわり断るのに四苦八苦《しくはっく》しているようだ。

「ココには気苦労をかけてすまないな」

良一は苦笑しながら頭を下げた。


食事も終わって少し落ち着いたところで、式典の最後はダンスで締めくくられることになった。

帝国の貴族はよほどダンスが好きらしい。

「今夜は許可する。ただし、ラストは私」

互いに相手方の国の異性とペアを組んで踊るという主旨《しゅし》なので、マアロも渋々《しぶしぶ》認めた。

よもや異世界に来て女性をダンスに誘う羽目になるとは……良一は今までの人生を振り返って心中で苦笑する。しかし、考えてみれば、なんのチートもなしで努力して身につけたものといったら、ダンスくらいかもしれない。帝都までの道中でも毎晩のように舞踏会があったので、少しは上達しているはずだ。

良一は己を奮《ふる》い立たせ、帝国貴族の娘に声をかける。

「一曲お相手を願えませんか？」

「はい、喜んで」

ホールの中央で一際《ひときわ》注目を集めるのは、やはりアンゼリカであった。

一曲目はガチガチに緊張したケイレトロス王子と踊ったが、二曲目からは王国使節団の男性が我先にとお相手を申し出て、ちょっとした人だかりができるという有様だ。

自分もあんな美人と踊ってみたいと思っても、良一みたいな下《した》っ端《ぱ》貴族では天と地ほど身分の差がある。

大人《おとな》しく見るだけに留めて、何曲か踊りきったのだった。

「ラストは私」

例によって帝国の青年達の誘いを全て断っていたマアロが、フロアに出てきた。

良一も充分役目は果たしたし、これで最後にしていいだろうと判断して、マアロの手を取る。

彼女とは何度も踊って互いにタイミングを掴んでいるのでやりやすい。

「上手くなった」

「そうか？　ありがとう」

無事に踊り終え、席に戻ろうとしたところ……後ろから呼び止められた。

「そのあなた、一曲いかがかしら？」

マアロと一緒に振り返った先にいたのは、アンゼリカ皇女。その背後には、彼女と踊りたがっている使節団の男性陣が立っており、良一に羨望《せんぼう》の眼差しを向けている。

「……」

「王国の方は女性からの誘いには応えないのですか？」

「いっ、いえ……違います」

ようやく事態が呑み込めた良一は、慌てて首を振る。

「では、一曲お付き合いいただけますか」

「喜んで」

手を取り、密着に近い距離に近づくと、改めて皇女の美貌《びぼう》に驚かされる。

微《かす》かに漂う香水の上品な匂い、耳に入る声や息づかい――五感の全てに訴えかける美そのものが、人の形をとって存在しているかのようだ。

夢のような時間はあっという間に過ぎ、二人は王国と帝国の人々の視線を一身に浴びながら一曲踊りきった。

「とても楽しいお時間でした。石川士爵」

「こちらこそ、ありがとうございました」

「これからもよろしくお願いしますね」

最後に耳元でコソッと囁いて、アンゼリカ皇女は離れていった。

「照れすぎ」

マアロに尻を抓《つね》られてようやく現実に戻り……ドキドキの歓迎式典は幕を閉じた。

◆◆◆

歓迎式典から三日が経ち、一時的に帝城の客室に宿泊していた使節団一行に、帝都滞在中の館が割り振られた。

館の大きさや立地は爵位や同行して来た使用人の数に応じて決められるそうだ。

本来、士爵の良一には小さな屋敷が振り分けられるはずだったのだが、公爵令嬢であるキリカを帯同《たいどう》しているおかげで帝都中心に近い好立地の広い屋敷が提供された。

元はさる男爵家が所有する館だったが、没落《ぼつらく》して空き家《や》となっていたところをリフォームして再利用したらしい。

イーアス村の領主館の五分の一程度の大きさで、部屋数は多いものの一部屋あたりの面積は狭い。

「臨時の基地局を館の屋上に設置いたしましたが、距離の関係でノイズがのってしまいます」

早速みっちゃんがアンテナを設置し、イーアス村との通信を可能にした。

「音声通信はノイズが入っても、メールは大丈夫なんだろ？」

「はい、通信テストは成功しました」

「スロントさんに帝都到着の連絡を入れておいてくれないか」

「わかりました」

しばらく自室でくつろいでいると、モアが良一の服を引っ張って外出をせがんだ。

「良一兄ちゃん、どこか行こうよ！」

「そうだな、せっかく三日間の休息日が与えられたんだから、自由に帝都を見て回ろうか」

「やったー！」

自由行動といっても、帝都滞在中は常時護衛の騎士がつく。

良一達を担当する騎士は男女の騎士が一人ずつで、数人が交替しながら護衛に当たるらしい。

「騎士さん、少し帝都の観光に行くので、同行をお願いできますか？」

「『かしこまりました』」

女性陣の準備を待ち、良一達は歩いて帝都中心部に向かった。

多民族国家の帝国の都だけあって様々な様式の家屋が建ち並び、西洋風、東洋風、あるいは中東風の建物などが雑然と混在していた。建材も石造りから木造、土壁の家と様々で、見ているだけで楽しい。

「良一兄さん、色んな種類の家がありますね。あの建物の丸い屋根は初めて見る形です」

メアは帝都の町並みに興味をそそられたのか、熱心に周りを見回している。

「まあ、こういうのも風情《ふぜい》があるってことで良いのかな」

話しながら歩いていると、前方からやってきた二人組の少女が声をかけてきた。

「あら、キリカさん、ご機嫌よう」

それまではモアとワイワイはしゃいでいたキリカが、声を作って挨拶を返す。

「ユレイさんにハルプさん。ご機嫌よう」

「随分と大人数ですが、皆様は帝都観光に？」

良一はこの二人に見覚えはなかったが、キリカは知り合いのようだ。

「ええ。こちらは私が同行している石川良一士爵です。お話ししたドラゴンスレイヤーの方ですわ」

「初めまして、石川良一です」

キリカの紹介を聞き、二人の女子学生は少しだけ驚いた様子で何やら囁きあう。

「良一、紹介するわ。歓迎式典で知り合った帝国のダポート伯爵家のユレイさんと、チュレンガ公爵の孫娘、ハルプさんです」

「初めまして、紹介にあずかりました、ユレイ・マイ・ダポートです」

「ハルプ・ダス・チュレンガですわ」

キリカは公爵の娘ということで、同じく爵位の高い子息達と交流を持っていたらしい。

特に、チュレンガ公爵は先帝の弟で、先の戦争の際には騎士団を率《ひき》いて参戦した経験もある、帝国きっての大重鎮《じゅうちん》だ。王国内でも動向に注意すべき人物としてマークされている。

「士爵はアンゼリカ様と同じく、神の加護と精霊の契約を両方得ている将来有望な殿方《とのがた》だと伺っておりますわ」

ハルプは良一を王国の英雄か何かだと勘違いしているのか、キラキラした目で彼の全身を眺め回す。

「そんな大げさな……運が良かっただけですよ」

「そうだ、ハルプさん。このあたりに美味しい帝国料理が食べられるお店はないかしら？それから、お洋服も見たいわ」

居心地悪そうにする良一を見かねて、キリカが別の話題を振った。

二人はああでもないこうでもないと、賑やかにおすすめの店を紹介してから去っていった。

「随分と仲が良いんだね、キリカちゃん」

「そうでもないわ。彼女達とは歓迎式典で雑談しただけよ」

「それでよく名前を覚えていられるね」

「慣れよ。良一も貴族なんだから身につけておいた方が良いわよ」

その後、一行は紹介された店を中心に見て回り、帝都観光を楽しんだ。

◆◆◆

帝都での生活にも慣れてきた頃、使節団の面々は帝城近くのスマル王女が滞在する館に集まっていた。

王女は普段は帝国学園に通っているが、寮《りょう》で寝泊まりせずにこの館で生活をしている。

この日は一週間の視察内容を報告する会議が行われる。

「ゴロティス士爵、お元気そうで」

「これは石川士爵、お久しぶりです」

良一は見知った顔を見つけて、声をかけた。

今日集められたメンバーはゴロティスをはじめ、軍人や武門の家柄の者が多い。良一としては文官よりも、貴族然としていない武官の方が親しみやすかった。

しかし、軍務とは無縁《むえん》の良一は、若干浮いてはいるが。

「ゴロティス士爵は帝国軍の駐屯地の視察に行かれていたのですよね」

「ええ。王国騎士団とは違う鍛錬方法や歩兵連隊の訓練など、許可されている範囲で軍事行動の視察をしてきました。後ほど資料を交えて詳しく説明しましょう。石川士爵の方は魔導機の技術交換会、いかがでしたか？」

「帝国も発掘した魔導機を参考にして技術を研究しているようで、分野によっては王国よりも発展していますね。特に輸送用の魔導機を用いた運搬技術の研究などは力を入れているようで……」

会議ではそれぞれ見聞きしたことを順番に報告し、スマル王女は熱心に耳を傾けた。


「皆様、お帰りになる前にお渡ししたいものがあります」

二時間ほどで会議は終わったが、解散する前に王女が皆を呼び止めた。

彼女は使用人から立派な装飾が施された封筒《ふうとう》を受け取り、集まった者全員に配《くば》っていく。

「先日、アンゼリカ第一皇女と歓談をした際に招待を受けました。使節団の皆様もご一緒に、とのことです」

封蝋《ふうろう》を開けて中を確認すると、帝国大劇場で行われる舞台のチケットが入っていた。

「帝国では大人気の歌姫、メアリー・スティレーンの劇だそうです」

メアリーの名前を知る何人かの貴族が感嘆《かんたん》の声を上げる。

「おお、あのメアリー・スティレーン様ですか。彼女の歌に心奪われて足繁《あししげ》く劇場に通う帝国貴族も多いそうで、チケットは入手困難だと聞き及んでおります」

「歌姫はアンゼリカ皇女様とも個人的に親しいらしく、その美貌は皇女に勝《まさ》るとも劣《おと》らないとか」

「劇は一週間後ですので、皆様も楽しんでください」

「「ありがとうございます」」

良一は歌姫のことは知らなかったが、周りの様子から貴重《きちょう》な物だと理解した。

思わぬ貰い物を胸に抱いて館に戻ると、前に偶然町で会ったユレイとハルプが遊びに来ていた。

良一が会議に行っている間に二人が訪ねてきたらしい。

「二人ともいかがかしら？　王国のケーキは」

「王国ではこんなにも美味しい菓子があるのね！」

「本当に。甘さ加減が絶妙な上に、口当たりも滑《なめ》らか。このケーキを食べてしまうと、他の菓子を食べられなくなりますわ」

館の応接間のテーブルの上には様々な種類のケーキが並び、少女達はそれらを美味しそうに食べていた。

「キリカちゃん、随分と楽しそうだね」

「石川士爵、戻ったのね。ミチカさんにケーキを作ってもらったのよ」

「「お邪魔をしております」」

ユレイとハルプは上品な仕草でペコリとお辞儀をして、ケーキの食べ比べを再開した。

メア、モアと食いしん坊のマアロもご相伴《しょうばん》にあずかっているらしく、ケーキを頬張《ほおば》りながら良一に椅子を勧める。

「良一兄さん、おかえりなさい」

「良一兄ちゃんもケーキ食べる？」

「ミチカの作るケーキは絶品《ぜっぴん》」

良一は空《あ》いている椅子に腰掛けて、みっちゃんが淹れたコーヒーで一息ついた。

ユレイとハルプはみっちゃんが作ったケーキをよほど気に入ったのか、全種類を切り分けて次々と口に運んでいく。

しかし、さすが貴族家の子女だけあって食べ方は綺麗で、やたらと口の中に詰め込むマアロとは雲泥《うんでい》の差だ。

キリカ達はようやく全種類のケーキを食べ終え、紅茶で喉を潤しながら世間話をはじめた。

「ところで、石川士爵はお一人でどちらに行ってらっしゃったのです？」

ハルプは相変わらず良一を憧れの眼差しで見ていて、興味津々の様子だ。

「使節団の会議でスマル王女の館に伺っていたんです」

「お忙しいのですね」

「それほどでもありません。普段は視察がてらあちこち観光していますから。そういえば、スマル王女から一週間後に開かれる帝国大劇場の舞台の招待を受けたのですが、帝国ではとても有名な方だそうで。メアリー様という歌姫はご存じですか？」

「まあまあ、歌姫様の歌劇のチケットが手に入ったんですの⁉」

「羨《うらや》ましいわ。私もお父様にお願いして見に行ったことがありますけれど、本当に素晴らしい劇でした」

メアリーの名を聞いて、ユレイも食いついてきた。

「これはボックス席のチケットなので、十人までは入れるみたいですよ。私達と一緒で良ければ、お二人も行きますか？」

劇場は三階建てで、一階のアリーナは一般席、二階と三階は賓客《ひんきゃく》用のボックス席となっており、良一はその一つを割り当てられたらしい。

「よろしいんですか？」

「是非是非お願いいたしますわ」

「では、一緒に観劇しましょう。キリカちゃんも大丈夫？」

「ええ。もちろんよ」

ユレイとハルプは、みっちゃんからお土産に日持ちのするパウンドケーキを受け取って、馬車に乗って帰っていった。

「なんだか二人に気に入られたみたいね」

「まあ、無下にはできないからね」

良一はキリカに指摘され、どうも自分は貴族の娘さん方には気に入られやすいようだと苦笑する。

だが使節団の一員としては、娘さん経由であっても帝国貴族とつながりを作るのは悪くはないはずだ。

しかし、そんな呑気な考えは早々に打ち砕かれることになるのだった。

◆◆◆

帝国貴族の少女二人を観劇に誘った二日後。

良一は帝城でチュレンガ公爵の使用人に声をかけられた。

「石川士爵、私はチュレンガ公爵の使いの者です。少々よろしいでしょうか」

「はい？　大丈夫ですが」

「ありがとうございます。今週末に帝国大劇場にて開かれる歌劇にハルプ様を誘っていただいた件で、公爵様が是非石川士爵とお話ししたいと申しております。表に馬車を用意してありますので、この後お時間があれば、一度公爵邸にお越しいただけますでしょうか？」

随分と急な話だが、格上の公爵からの誘いを断れるはずもなく、良一は頷くしかなかった。

「わかりました。伺います」

馬車に揺られること数分。

公爵邸は良一に割り当てられた屋敷の十倍以上大きい大邸宅だった。

「公爵様は応接室にてお待ちです。どうぞこちらへ」

正面玄関で降りた良一は、慌ただしく応接室に通された。

こぢんまりとした室内には単身用ソファが二つ置かれていて、そのうちの一つに、老紳士がどっかりと腰を下ろしている。彼がチュレンガ公爵その人らしい。

ソファの間にはローテーブルが一つ。良一と公爵、案内の使用人の他には四人の護衛の騎士が立っていた。

今回もホーレンス公爵やギレール男爵のように〝娘をよろしく頼む〟といった話を聞かされるのかと思い、辟易《へきえき》していた良一だったが……チュレンガ公爵の第一声はその予想を裏切るものだった。

「君か、可愛いハルプに近寄る王国の駄犬《だけん》は」

良一が挨拶を口にするよりも早く、老人が棘《とげ》のある言葉を投げかけた。

突然向けられた敵意にどう応えて良いのかわからず、良一はその場で固まってしまう。

「なんだ？　王国の犬は反論どころか吠《ほ》えることもできんのか」

老公爵は煽るように罵声《ばせい》を浴びせかけてくる。

「失礼があったのならお詫《わ》びします。しかし、これは一体なんのおつもりですか？」

「知れたことを。可愛い孫娘の周りをうろつく王国の犬を追い払うためにこの場を設けたのだ」

老人はドンッと木製のテーブルに拳を叩きつけ、血走った目で良一を睨みつける。

しかし、ここで良一はこの部屋に満ちる微弱な魔力の存在に気がついた。

視線だけで周囲を確認し……自分の左手側の壁にわずかな揺らぎを発見する。

「お戯《たわむ》れはよしていただきたいです、チュレンガ公爵様」

「何を言っている」

良一は目の前の老人から視線を外し、左手側の絵が飾られている壁に向かって声をかける。

「この壁は幻影《げんえい》ですね。以前王国で幻影魔法使いと対峙《たいじ》したことがあって、また戦う時のために幻影を見破る方法を学んだので、わかります」

話しているうちに壁が徐々に歪《ゆが》み、透《す》き通って……消えた。

「突然試すような真似をしてすまないね」

二倍の面積に広がった部屋の奥には、先ほどまで怒鳴《どな》っていた人物とは別の、厳《いか》めしい顔つきの老人と、従者らしき中年男性が二人、そしてローブのフードを目深にかぶった魔術師風の人物が一人立っていた。

「自己紹介をさせてもらおう。マーランド帝国公爵デンバスト・ダス・チュレンガだ。改めて、ようこそ石川士爵」

本物の公爵が進み出て、ソファに座っていた老人はスッと立ち上がり、護衛の騎士の列に加わった。

「お初にお目にかかります。カレスライア王国士爵の石川良一です」

良一はなんとなく話の流れがわかってきたが、警戒は解かなかった。

「王国からの客人に対して不躾《ぶしつけ》な行動を取った非礼《ひれい》は詫びるが、そちらも初対面に等しい孫娘を歌劇に誘ったのだ、帳消《ちょうけ》しで構わないかな？」

どうやらハルプやユレイを流れで歌劇に誘ったのは悪手《あくしゅ》だったらしい。改めて貴族同士の付き合いの難しさを思い知らされた良一だった。

「寛大《かんだい》なご処置に感謝いたします」

良一は若干肝を冷やしながらも平静を装い、公爵に頭を下げた。

国は違えど、士爵と公爵では明らかに力関係が異なる。公爵が手打ちを提案したのならば、他国の貴族でも従う他ない。

「王国の若き英雄は分《ぶ》をわきまえているようだな」

チュレンガ公爵も満足げに頷いて、立ちっぱなしであった良一に椅子を勧めた。

改めて向かい合って腰を下ろした二人は、用意された紅茶で渇いた喉を潤す。

「昨晩は可愛い孫娘との楽しい夕餉《ゆうげ》のはずが、ハルプの口から出てくるのは王国から来た英雄とやらの噂や、屋敷で振る舞われた菓子、歌劇の招待など……貴殿《きでん》の話ばかりであった」

チュレンガ公爵は正面から良一の目を見据《みす》えて続ける。

「貴殿は私の孫娘をどうしたいのだ？」

この質問への返答は重要だ。良一は公爵家の面目を潰さないように慎重に言葉を選ぶ。

「今回繋がった縁を大切にし、良き友人関係を築ければ」

「友人関係か。それ以上は求めていないのだな？」

「公爵家に名を連《つら》ねる令嬢と異国の下級貴族では、釣《つ》り合いが取れません」

「よろしい」

チュレンガ公爵は大きく頷くと、週末の観劇のために大劇場までの竜車を用意すると言い残し、応接室を後にした。

◆◆◆

良一とチュレンガ公爵のやり取りがあった翌日、帝城では〝ある作戦〟の実施に向けて、関連する騎士や貴族が忙しく――しかし表向きは静かに駆け回っていた。

そのため、邪神教団壊滅のための秘密会議の参加者も、普段より若干少ない。

「最悪の場合でも自分を守れる者を招待したのだな？」

「はい、父上。スマル王女は年若いながら勘所《かんどころ》を心得ております。何も言わずともこちらの意図に沿った人選をしてくれたようです。兄とは違って、積極的《せっきょくてき》にこちらに貸しを作るように動いていますね」

「ほう、随分と野心的な王女だ。しかし、それは都合がよい。多少の借りを作っても問題はない」

皇帝ダドロスと皇女アンゼリカの密談《みつだん》の最中、会議室の扉がノックされた。

「何事か」

即座に騎士の一人が扉に向かい、用件を確認して戻ってくる。

皇帝は騎士の耳打ちを聞いて少しだけ驚きの表情を見せてから頷いた。

「入室を許可する」

極秘《ごくひ》の会議に途中参加が許されるとは前代未聞《ぜんだいみもん》の事態であるが、入ってきた人物の顔を見て、会議の参加者はさらに驚いた。

「突然の参加で申し訳ない、皇帝陛下」

そこに立っていたのは、一人の老人――チュレンガ公爵だった。

「心待ちにしていたのだ。よく来てくれた、チュレンガ公爵」

チュレンガ公爵は元々帝国騎士団の将軍だったため、帝都でも大きな影響力を持っている。

皇帝は今回の邪神教団の撲滅のために力を借りようと数度打診《だしん》したが、色よい返事はもらえずにいた。その重大人物がこの場に現れたのだ。

「ここに来てもらえたということは、助力を得られると考えて構わぬな？　しかし、どうして突然協力するつもりになったのか、教えてもらえないか」

皇帝がそう言うと、チュレンガ公爵は鋭《するど》く目を細め、一同を見回した。

「この場にいる者達なら、私の可愛い孫娘を政治の道具に用いればどうなるか、わからぬことはないな？」

全員、チュレンガ公爵が孫娘のハルプを溺愛《できあい》していることは知っている。そして、過去にハルプに求婚した者や誘拐《ゆうかい》を企《くわだ》てた犯罪者集団がどのような末路《まつろ》を辿ったかも。

帝国の貴族の間では、ハルプに手を出してはいけないというのは常識として刻み込まれている。

「孫のハルプが、かつての部下であるバルボロッサを打倒した王国の若造を気に入るとは、なんとも皮肉なものだな……。しかもその若造、よりにもよって帝国劇場に孫娘を招待したのだ。これを運命の悪戯《いたずら》と言わずしてなんと言おう」

邪神教団殲滅《せんめつ》作戦の舞台である帝国劇場に、公爵の大事な孫娘が来る——全員が事情を理解した。

「王国貴族側に殲滅計画を漏らしていないなら、石川士爵が企てた可能性は限りなく低い。だから今回の計画にはチュレンガ公爵家の私兵も参加させる」

「そうか、それはありがたい」

「私兵を貸すのだ、万が一孫娘に傷がつきでもしたら、どうなるかは……理解しているだろう?」

こうして、秘密裏に計画されていた邪神教団殲滅作戦が大きく動き出した。

三章　邪神教団殲滅計画

四日が過ぎ、約束していた観劇の日の夜。

良一達は二台の竜車に分乗して、帝国大劇場の前に到着した。

劇場前の車回しには、立派な竜車や馬車が入れ替わり立ち替わりでやって来る。

バッチリ化粧《けしょう》をしたユレイとハルプを先頭に、一行は竜車を降りた。

「今日のこの日を心待ちにしていました」

「ええ。なんでも、今日は新しい演目が披露されるそうなので、学校でも噂で持ちきりですわ」

帝国貴族令嬢の二人は見るからに興奮している様子だ。

観劇にもドレスコードがあるため、良一達も全員正装やドレスに着替えている。

女性陣は皆それぞれに美しく、周囲の視線を集めたが、その中でも一際目を引いたのはみっちゃんだった。いつもは良一の従者という役割に合わせて地味な服装を身につけている彼女が、今日は珍しくドレスを纏ったため、文字通り人形のような顔立ちが強調されて人間離れした美貌が浮き彫《ほ》りになっている。

「じゃあ、行こうか」

良一が女性陣をエスコートし、全員で大劇場に足を踏み入れた。

夜の劇場は昼間の荘厳《そうごん》な雰囲気とはまた違った、華やかさに満ちている。

「外観同様、内装も凄いんだな」

「建国初期から幾度《いくど》も改修されて現在まで伝わる、帝国を代表する建造物ですわ」

柱の見事な彫刻《ちょうこく》や天井画に感嘆の声を漏らす良一に、ハルプが誇らしげに大劇場の情報を語った。

周囲の客に目を向けると、貴族の老夫婦や羽振《はぶ》りの良さそうな商人らしき人物、これから舞台に出るのかと思うほどの派手なドレスを着た女性などが大勢いるが、同時に帝国騎士団の姿も多く目立つ。

王国使節団やスマル王女を護衛するために、警備を手厚《てあつ》くしているのだろう。

「凄いのは建物だけでなく、劇団の方も帝国きっての実力者が多数在籍《ざいせき》していますわ」

ハルプの説明に続いてユレイも熱く語り出す。

「ええ、今日の公演は歌姫様と赤薔薇《あかばら》様が出演する新演目ですから、見る前から素晴らしい公演だと確信しております。ああ、早く観賞《かんしょう》したいです」

今まで大劇場の演目を見たことのない王国側の面々と帝国側の二人では若干の温度差が

あったが、二人の少女の興奮が段々と移ってきたのか、良一達もソワソワしてきた。

「石川士爵、席にご案内いたします。こちらへどうぞ」

中年の男性スタッフに案内された席は、三階の階段すぐ近くで、ボックス席の中は横並びに五席の椅子が二列になっていた。

前列はユレイとハルプ、キリカ、メア、モアの子供達、後列に良一達大人が座った。

一般席を見ると、開演一時間前なのにもう半分以上の座席が埋まっている。

「皆様、開始まで今しばらくお時間がございます。よろしければお飲み物でもいかがでしょうか?」

案内役の男性スタッフが良一に品書きを差し出した。

「子供達もいるので……人数分の紅茶を頂けますか」

「かしこまりました」

しばらく紅茶を飲みながら喋っていると劇場のスタッフがやって来て、良一に間もなくスマル王女が到着すると耳打ちした。

「ちょっと挨拶してくるから、皆は座って待っていてくれ」

「石川士爵、殿方が一人で劇場の外に立っていると、玉の輿《こし》を狙う女性が群《むら》がってくるそうなので、二人一組で行動した方がよろしいですわよ?」

「私が行く」

ハルプの忠告を聞いたマアロが即座に立候補した。

「マアロは堅苦《かたくる》しい挨拶が苦手だろ」

「……今回は譲る」

「じゃあ、みっちゃん、一緒に来てくれ」

みっちゃんと一緒に劇場の外に出ると、ハルプが言った通り、同じ使節団のメンバーの一人が複数の女性に囲まれていた。

「ゴロティス士爵、こんばんは」

「石川士爵、こんばんは。今日の劇は楽しみですね」

ひっきりなしに声をかけられて対処に苦慮《くりょ》していたらしいゴロティスは、これ幸いとばかりに良一との会話に飛びつく。

間もなく、多数の護衛を伴った豪華な竜車がやって来た。

「皆様、ご機嫌よう」

「「スマル王女、ご機嫌よう」」

招待された使節団の面々は全員膝をつき、近衛騎士にエスコートされて竜車から降りたスマル王女に挨拶する。

すると、竜車の奥からもう一人誰かが出てきた。

「「アンゼリカ第一皇女様⁉」」

帝国の第一皇女が同乗していたことへの驚きから、どよめきが走る。

アンゼリカはスマルをエスコートした騎士の手を掴んで竜車を降り、集まった面々に笑顔を振りまいた。

「皆様、ご機嫌麗《うるわ》しゅう。スマル王女、竜車に同乗させていただき感謝いたします」

アンゼリカとスマルは劇場の支配人に案内され、親しげに連れ立って中へと入っていく。

「相変わらずの美人でしたね」

「ええ、まさに絶世の美人です」

その場に居合《いあ》わせた者達は皆、魂《たましい》が抜かれたようにポツリポツリと言葉を交わしながら、劇場内へ戻っていった。


良一とみっちゃんが席に戻った後、十分ほどで緞帳《どんちょう》が上がった。

ステージ上には公演に用いるセットが配置されているのが見える。

オーケストラによる生演奏に合わせて、数人の役者が舞台上に出てきた。

帝国では有名な伝説をモチーフにした冒険劇のようで、名もなき平民の青年が国を脅《おびや》かす悪《あ》しきドラゴンを退治しに行くという流れだ。

舞台中央のせりから、純白《じゅんぱく》のドレスを着た女性が上がってきて、照明が一斉に集まる。

遠目からでもわかるその美貌は、アンゼリカ第一皇女にも引けを取らない。

良一は、あの女性が歌姫だと確信する。

「青年よ、剣を取り、あのドラゴンを退治しなさい！」

音楽が止まり、女性のアカペラが劇場に響き渡った。

凛《りん》とした一切の濁《にご》りがない声が観客の体を通り抜ける。不思議な魅力を持つ声音《こわね》に、誰もが息を呑んだ。

歌姫の登場で場内の温度が上がるが、少しでも歌姫の声を聞き漏らすまいと、客席は静まりかえる。

歌姫は一国の王女に扮《ふん》しており、青年と身分違いの恋に悩むという役どころであった。

二幕構成の長い劇なのに、客を引き込む演出の数々は見事で、時間があっという間に過ぎていく。

一度は恋を諦めた王女が、一人城を出て青年のもとへ走るという大どんでん返しで幕が閉じた。

緞帳が下りた瞬間、今までの静寂が嘘《うそ》のように、場内は興奮した観客の声に包まれた。

カーテンコールを受けて再び舞台上に現れた歌姫は、いつまでも鳴り止まぬ拍手に手を振って応える。他の役者達も観客の好反応に満足そうな様子だ。

「相変わらず、歌姫様の声は素晴らしいですわ」

「本当に！　今日は一段と調子が良さそうでしたね。この新作劇は、前評判以上です」

帝国の二人はもちろんのこと、モア達にも好評で、特に恋愛小説を読むメアは、ロマンチックなストーリーに惹《ひ》かれたようだ。

「良一兄さん、歌劇って凄いんですね。登場人物の感情があんなにも伝わるなんて……感動しました！」

帝国には厳しいマアロも、この圧倒的な名演を前には認めざるを得ないらしい。

「悔《くや》しいけど、凄い」

皆大満足で劇場を後にした。

長時間の劇だったので、終演はかなり遅い時間になった。

ご両親——とチュレンガ公爵——を心配させないように、良一は二人の少女を早々にそれぞれの実家へと送り届ける。

まずはユレイの家に寄り、次にチュレンガ公爵家でハルプを降ろす。

「今日は本当にありがとうございました。機会があれば、またどこかご一緒したいですわ」

「こちらこそ、楽しかったですよ。お祖父《じい》様によろしく」

ハルプは改めて今晩の招待に礼を言ってから、家の中へと入っていった。

別れを告げて再び竜車に乗り込もうとする良一を、チュレンガ公爵家の家宰が呼び止めて耳打ちした。

「石川士爵、お待ちください。……夜道は物騒《ぶっそう》ですので、どうかご用心してお帰りください」

よくある夜の忠告ではあるが、帝都中心部はそこまで治安が悪いわけではない。それをわざわざ耳打ちされると、何か変な感じがする。

しかし、キャリーやココ、みっちゃんがいれば何かあっても大丈夫だろうと頭を切り替えて、良一は竜車に乗り込む。

「ご忠告ありがとうございます。公爵様に竜車のお礼をお伝えください」

再び竜車は動き出し、夜の帝都をゆっくり進んでいった。

「あの場面で父親が出てくるとは思いませんでした」

宿泊先の邸宅までの道すがら、興奮冷めやらぬメア達が、再び感想を言い合って車内が盛り上がる。

「モアはね、王女様が最後にジャンプしたのが面白かった〜」

「そうだな、あれには驚いたな」

そんな会話に夢中になっていると、竜車が急に停車した。

「どうかしましたか？」

まだ館に着いたわけではないのに……良一が訝しんで尋ねた瞬間——

「士爵様、逃げてくだ――ッ」

絞り出したような御者の声が響いた。

慌てて竜車から降りると、目の前に喉に矢が刺さった御者が倒れ込んできた。御者台に同乗していた護衛の騎士もすでに息絶《いきた》えている。

良一は咄嗟《とっさ》にアイテムボックスから斧《おの》を取り出し、大声で仲間に指示を伝える。

「みっちゃん、メアとモアとキリカを守れ！」

後ろの竜車に乗っていたココとキャリー、マアロの三人も異変を察知して飛び出してきた。

「皆、襲撃だ！　ココ、なんとか囲みを突破《とっぱ》して衛兵を呼んできてくれ！　キャリーさんは援護《えんご》をお願いします！　マアロはみっちゃんに合流して竜車に結界を！」

「わかりました！　五分で戻ります！」

良一の方に向かっていたココが身を翻し、大通りへと駆け出す。

運悪く居合わせた通行人が御者の死体を見て散り散《ちぢ》りに逃げていく中、良一は背後から何者かにハッキリと言葉を投げかけられた。

「見事な指示でございますね」

男とも女ともつかない、中性的な声だ。

「誰だ!?」

「暗殺者……ですかね？」

良一の誰何《すいか》をからかうように、姿なき声が答えた。

その声が聞こえた瞬間、良一は風の精霊リリィを呼び出して自分の周囲三メートルに暴風の結界を作り出す。

ほぼ同時に、軽い金属が地面に転がる音が響いた。すんでのところで攻撃を防げたらしい。

しかし、これで飛び道具の類《たぐい》はほとんど無効化できるはずだ。

暗殺者は接近して直接攻撃せざるを得なくなる。

「さすがはカレスライア王国の若き英雄、見事なものです。肥《こ》えた貴族達とは違いますね」

「姿を見せろ」

「暗殺者に対してその言葉は酷《こく》ですね。我々は闇に潜み、影に生きる者。頼まれても姿はお見せできません」

謎の声の主は続ける。

意識を会話に向けさせて隙を引き出そうという意図は明らかだ。

良一は油断なく周囲に目を走らせる。

「私の標的《ひょうてき》は石川士爵、あなただけです。大人しく殺されてもらえるならば、ご家族やご友人の命は保証いたしましょう」

「短い貴族生活ながら、先輩方から学んだこともある。賊の言うことは聞かずに殲滅しろと」

「できますかな？」

「できているさ」

良一は出し抜けに何もないはずの場所を斬りつけた。

手には何かを切った感覚が伝わるが、手応《てごた》えとしては弱い。

「まさか、魔法を見破っていたのですか？」

「最近似た系統の魔法を見たばかりで、すぐにピンと来た。夜の暗闇や雑多《ざった》な景色でわかりにくいけれど、魔法の精度《せいど》は少し劣っている」

「なるほど、魔法による偽装《ぎそう》はチュレンガ公爵家が得意とするところ……タイミングを見《み》誤《あやま》りましたね」

透明化《とうめいか》の魔法が解けたのか、負傷した腕を押さえている全身黒装束《くろしょうぞく》の男が現れた。

「ここで逃しても、今後狙われない保証はないからな。依頼主を吐いてもらおうか」

しかし、声は別の場所から聞こえ続ける。

「残念ですが時間がかかりすぎました。今日のところは退散《たいさん》させていただきます」

声の主は撤退《てったい》を決めたようだが、腕を負傷した男を助けるためか、襲撃者達は再び攻撃に転じた。

威力《いりょく》よりも手数を優先する攻撃で、良一の動きを封じにかかる。

目の前の男とは全く関係ないところから突然攻撃が来るので、他にも魔法で姿を消している襲撃者が最低でも五人はいるようだ。

そこに、良一を援護するキャリーの魔法が飛んでくる。

「良一君、大丈夫⁉」

「こっちはなんとか。そっちはどうです？」

「平気だけど、鬱陶《うっとう》しいわね。町中じゃああまり大規模な魔法は使えないし……こっちの身を守るので手一杯って感じよ」

「同感です」

キャリーと会話している隙に、暗殺者が逃走を図《はか》る。

「逃がすか！」

今までの戦闘で相手のおおよその位置は掴んでいるので、良一は全員を逃さないために《神級分身術》で分身体を召喚《しょうかん》した。

「ほう、噂の分身ですか」

「よく知っているな。こういう時に使うと効果的なんだよ」

物量に任せて複数の分身体で取り囲んで無理やり掴まえると、透明化の魔法が解除され、隠れていた暗殺者が次々と姿を現わした。

仲間を取り押さえられたのを見て、残った暗殺者達が浮き足立つ。

「諦めろ、帝国の騎士達も近づいてきたぞ」

「……そのようですね」

ココを先頭に、周辺を警戒していた帝国騎士団が現場になだれ込み、良一が押さえた襲撃者の捕縛《ほばく》に取りかかる。

「良一さん、戻りました！　助太刀《すけだち》します！」

「ココ、助かる！」

襲撃者の数は予想外に多く、すでに八人捕縛したが、まだ何人かいるようだ。全員黒装束を纏い、頭巾《ずきん》や覆面《ふくめん》で顔を隠している。

さらに、夜間にもかかわらず、騒ぎを聞きつけた帝国騎士が次々と集まり、現場は喧騒《けんそう》に包まれた。

「石川士爵、ご無事ですか」

「こちらは大丈夫です。暗殺者に襲撃されましたが、いまだに何名かの暗殺者が潜伏していると思われます。対処をお願いします」

「「お任せください！」」

騎士達も殺気を強め、周囲を捜索《そうさく》しはじめる。

「ここまでのようですね。また機会を改めて狙わせていただきます」

「何度も言うけれど、逃さないよ」

良一は、今まで秘匿していた重力魔法を、まだ捕《と》らえていない暗殺者に対して放った。

スロントが家臣になって以来、彼に重力魔法のコツを聞いて練習を重ねていたのだ。

「重力魔法だと⁉」

良一が扱えるのは三倍までの加重力だけとはいえ、相手の行動の自由を奪えるのは大きなアドバンテージになる。

全力で魔法をかけると、捕縛していない残りの暗殺者も全て、うめき声を上げて地面に倒れこんだ。

「これで終わりだな。ナームさん」

「本当に……終わりのようですね。どうして気づいたのです？」

先ほどまで会話していた暗殺者のリーダーらしき人物が、高重力に押し潰されながら言葉を発した。

良一はリーダーのもとに歩み寄り、覆面を剥ぎ取る。

出てきたのは神殿で良一達に毒を盛った少女――ナームだった。

「神白さんに注意を受けていたからな。それに、感覚を研《と》ぎ澄《す》ませれば感じるんだよ。邪神の眷属《けんぞく》の気配をね」

良一もナームの存在に気づかなければ、貴族を狙う強盗団《ごうとう》の類《たぐい》の仕業だと誤解《ごかい》していたかもしれない。しかし、これはゼヴォスの神殿で襲われた続きだったのだ。

「大方、御者に金でも握らせてここまで連れてきたんだろう？　でも、その程度の実力じゃ俺達には通じないぞ」

ココとキャリーも武器を収めて良一の側《そば》に集まった。

「何かありそうだと警戒してはいましたが、こんな大胆《だいたん》な襲撃を受けるとは思いませんでした。おかげで、せっかくキャリーさんに作ってもらったドレスが裂《さ》けてしまいました」

見ると、ココのドレスのスカートが裂けて、脚が大きく露出《ろしゅつ》していた。ヒールも早々に脱ぎ捨てたのか、今は裸足《はだし》だ。

「ココちゃん……ドレスなんてまた直せばいいのよ。今は皆の無事を喜びましょう」

キャリーはそう言いながら、襲撃現場から離れた建物の屋上をちらりと見た。

「良一君、ここまで来たら、邪神教徒を一網打尽にしましょう。あっちの建物にも、アヤシイ気配があるわ。別働隊が様子を見ているのかしら」

「はい。何度もちょっかいを出されたら面倒ですしね。まあ、ドラド王の時と比べたら、このくらい楽勝だな」

良一の挑発が効いたのか、ナームが顔を歪《ゆが》めながら憎々《にくにく》しげに罵声を吐いた。

「ふん、思い上がるなよ、ゼヴォスに飼い慣らされた駄犬が。すでに取り返しのつかないことが起きているとも知らずに……間抜《まぬ》けなことだ」

「何を言って……」

次の瞬間、なんの前触《まえぶ》れもなく周囲に邪悪《じゃあく》な気配が生じ、良一達が乗ってきた竜車を包み込んだ。

振り返ると、竜車の車体が黒い靄《もや》で覆われていた。

慌てて風魔法で吹き飛ばしたが、時すでに遅し。メア、モア、みっちゃん、マアロ、キリカの五人ともども、竜車が忽然《こつぜん》と姿を消してしまった。

一瞬血の気《け》が引いて眩暈《めまい》を覚えたものの、すぐに腹の底から怒りがこみ上げてくる。

「良一君！」

キャリーの制止も聞かず、良一は倒れていたナームを掴んで強引に立たせる。

「どこにやった！　メア達をどこにやった⁉」

乱暴に揺さぶられても、ナームは不敵《ふてき》な笑みを浮かべるだけで何も答えない。

「くそ！」

良一はナームを放り出し、帝国騎士団が捕らえた他の邪神教徒にも詰め寄るが、誰も口を開こうとはしなかった。

そうこうしているうちに、屋上にいた邪神教徒が移動をはじめた。

もはやこの場に残っている邪神教徒に聞いても時間の無駄だ。良一は邪神教徒を追おうと単身で駆け出そうとするが……

——パン！

乾いた音が響き、一瞬、時が止まった。

ココが良一の頬を張ったのだ。

「良一さん、落ち着いてください！　メアちゃん達には、マアロとみっちゃんがついています。一人で追おうとしないで、私達も頼ってください」

ココの力強い目で見据えられて、良一はなんとか冷静さを取り戻した。

「すまない。この場にいても状況は好転しないだろう。直感でしかないけど、屋上にいた邪神教徒の仕業だと思うから、一緒に来てくれ」

ココとキャリーは黙って頷いた。

三人は即座に魔法で身体強化をかけ、テラスの柵や雨《あま》どいを足がかりにして屋根の上に駆け上がる。

帝国の騎士達はこの動きにはついていけず、その場に取り残されたが、早々に諦めて捕縛した邪神教徒の対処にあたった。

一方、良一達の追跡に気づいた邪神教徒はスピードを上げて逃走を図る。

しかし、足場が不安定で走りにくい屋上では、なかなか距離が縮まらない。相手方は地の利があるのか、つかず離れず、良一達を翻弄《ほんろう》してくる。

「くそくそ、油断していた！」

良一は悔しさで歯噛《はが》みしながら隣の家屋の屋根に飛び移っていく。

「良一君だけの責任じゃないわ」

「そうです。――気をつけて、そこに罠が仕掛けられています！」

ココの指摘を受け、良一は着地地点付近に仕掛けてあった魔法のトラップを慌てて回避《かいひ》した。

「どうやら、闇雲《やみくも》に逃げているだけじゃなさそうですね」

「罠が仕掛けられていたとしても、追跡するしかないわ」

次の瞬間、良一の視界の隅で大きな水柱が上がった。

こんな夜更《よふ》けに町中で派手な水魔法を使うのは、何かしらの非常事態以外には有り得ない。

遠すぎてハッキリとしないが、慣れ親しんだ魔力の気配を感じる。

「今のはもしかして」

「ええ、メアちゃん達の可能性があるわね」

「私もそう思います。どうしますか」

キャリーとココも同じ結論に達したようだ。

「さっきから逃げている連中は、あの水柱が上がった所から私達を遠ざけるように動いて

いるんじゃないかしら」

「だとしたら、陽動《ようどう》か」

「行きましょう、良一さん！」

良一達は邪神教徒の追跡を打ち切って、一直線に水柱が上がった場所へと急行する。

すると、今まで逃げていた邪神教徒が、今度は良一達を追いかけはじめた。

「後ろの邪神教徒達がついてきていますね」

「なら、余計にさっきの魔法がマアロちゃんだった可能性が高まるわね」

「そうですね」

視点が変わると見えてくるものもある。

今まで逃げる邪神教徒にしか気が向いていなかったが、帝都のあちこちで戦闘音や煙《けむり》が上がっているのが見える。

ナームは良一が目的だと言っていたが、他にも同時多発的に襲撃があったようだ。

しかし、今はそれらに手を貸している余裕はない。

いつの間にか、良一達の背後に邪神教徒が迫《せま》っており、飛び道具で攻撃を仕掛けてきた。

「リリィ、風のバリアで飛び道具を防いでくれ」

『任せなさい』

リリィの強力な風で飛び道具を弾《はじ》き飛ばし、そのまま邪神教徒達に対して強い向かい風をぶつける。

突然吹き付けた強風にバランスを崩し、追手《おって》達は屋根から転げ落ちていった。

町中で大規模魔法を使えば被害が出るが、最優先はメア達の命だ。いざとなれば帝都を破壊するのに躊躇《ちゅうちょ》はない。

良一達は全力疾走《しっそう》を続け、ついに水柱が上がった場所付近に到着した。

「無事か、皆⁉」

たまらず叫び、屋上から飛び降りると、温かい結界の光に包まれた竜車の車体が見えた。

近くにはモアの青い髪も見える。

周囲からは結界を破ろうとする邪神教徒達の魔法が絶《た》えず降り注ぐ。

「良一兄ちゃん、助けてー！」

涙ながらに助けを求めるモアの声を聞き、良一の体がカッと熱くなる。

「モア、今行く！」

良一達三人は馬車を庇うように立ち、状況を確認する。

マアロは杖を前に突き出し、必死の表情で結界を維持している。良一達の到着にも気づいていないようだ。

キリカは気丈《きじょう》にも自分の契約精霊を召喚して、結界内から応戦中だ。

しかし、みっちゃんは結界外の少し離れた場所に倒れたままで、全く動かない。

そして、メアの姿がどこにもなかった。

良一はなんとか冷静さを保《たも》ち、この場にいる四人を助けるべく、風の刃を放つ。

思わぬ救援《きゅうえん》の登場に驚き、邪神教徒達に動揺が走った。

その隙を突いて、三人は容赦《ようしゃ》ない攻撃を加える。

今回ばかりは生きて捕らえようなどとは考えず、魔法で身動きを封じ、剣で急所を一突きにした。

三人による攻撃は苛烈を極《きわ》め、一分後には立っている邪神教徒はいなくなった。

戦闘は終わったが、マアロは結界を維持したままだ。

「助けに来たぞ、マアロ」

良一は結界に手を触れながら優しい声でマアロに話しかけた。

「信じてた」

かろうじて聞き取れたその短い言葉で、良一の胸の奥が熱くなる。

「頑張ったな。もう結界を解除してもいいぞ」

結界の解除と同時に、マアロが倒れ込む。

手を伸ばして体を支えると、彼女の体は高熱を帯びており、限界まで体を酷使《こくし》したのがわかる。

モアとキリカが駆け寄ってきた。

「良一兄ちゃん、怖かった」

「来てくれると思ったわ」

「二人とも、無事でよかった。メアはどうした？」

ココにマアロの看病を代わってもらい、二人を宥《なだ》めながら詳しい話を聞く。

「えっと、お姉ちゃんが……さらわれて……」

モアは泣きじゃくっていてうまく言葉が出てこない。

「メアはさらわれたのか。すぐに助けに行くから、知っていることを教えてくれ」

キリカもまだ混乱していて考えをまとめられない様子だが、なんとか情報を伝えようと言葉を紡《つむ》ぐ。

「黒い靄に竜車が包まれて、何も見えなくなって——気がついたらここにいたの」

良一が靄を風で吹き飛ばすまでの数秒の間に移動していたらしい。

「邪神教徒がたくさん待ち伏《ぶ》せしていて、迫ってきたけど、マアロの結界とみっちゃんの攻撃で食い止めることはできていたわ。でもそこに、あいつの声が聞こえたの」

「声？」

キリカは何かを思い出して体を震わせながらも、恐る恐る呟く。

「邪神の声」

「邪神って——邪神が顕現したのか⁉」

良一の大声に驚いて、キリカはビクリと体を震わせた。

「ごめん、びっくりさせて」

キリカは首を横に振り、続きを話しはじめる。

「邪神の言葉を代理で話せるっていう邪神教徒がいたみたい。とても冷たくて、怖い声だった」

「それで、邪神はなんて言っていたんだ?」

「私達は良一をおびき寄せる生贄《いけにえ》だって。ドラドを倒した奴と遊びたいって」

良一は恐怖に震えながらも教えてくれたキリカの頭を優しく撫でて労《ねぎら》った。

「怖い思いをさせてしまったな。俺のせいで皆を巻き込んでしまったのか」

まさかドラド王を倒した影響で、こんなことになるとは思わなかった。

「それから邪神教徒が何かの能力を発動して、突然みっちゃんだけが苦しみはじめたの。〝エラー〟って言葉を言い続けていたわ。その後、いきなり私達に襲い掛かってきたの」

「たぶん魔導機を狂わせる能力だな。みっちゃんが倒れていたのはそれが原因か」

「私達も逃げようとしたんだけど、モアが捕《つか》まりそうになって、そこにメアが割って入ったのよ」

マアロが張っていたのは攻撃を防ぐための結界で、外からの進入は防げても、内側からは簡単に出ていけるものだったらしい。

「みっちゃんは一瞬正気《しょうき》に戻ったのか、邪神教徒に攻撃したわ。でもそれっきり倒れてしまって、結局メアは黒い靄で連れていかれたわ……」

メアの名前を聞いて、良一のお腹にすがりついて泣いていたモアが顔を上げた。

「メア姉ちゃんが、モアに危ないって……逃げてって言ったの。でもみっちゃんがメア姉ちゃんをあいつらのところに連れていっちゃったの。良一兄ちゃん、メア姉ちゃんを助けて！」

良一は二人の説明で、大部分の状況を理解した。

メアも怖かったろうに、身を挺《てい》して妹のモアを庇ったのだ。

メアは暴走《ぼうそう》したみっちゃんに結界の外に連れ出され、邪神教徒にさらわれたらしい。

みっちゃんは最後に邪神教徒の能力から逃れて一矢報《いっしむく》いはしたものの、起動したままだとまたモア達を襲ってしまうと考えて、自分からシャットダウンしたのかもしれない。

「それじゃあ、上空に向けて水魔法を放ったのは？」

「メアよ。ああすればきっと良一が見つけてくれるって言っていたわ」

「ああ。それでこの場所がわかったんだ」

「メアはさすがね。お願い良一、メアを助けて。私にはあなたにお願いすることしかできないの」

良一は二人をギュッと抱きしめてから、膝を地面につけて目線を合わせる。

「二人とも、メアは絶対に助けるから」

「うん、良一兄ちゃん、お願い」

そこにキャリーが近づいてきて、子供達には聞こえないように小声で話しかけてくる。

「状況は理解できたけど、メアちゃんの行方《ゆくえ》の手掛かりが一切ないわね」

「ええ。ここに来るまでの間に新しい水柱は見ませんでした」

「戦闘中に上がったかもしれないけど、確認していない以上は手掛かりにならないわね」

焦《あせ》りばかりが先立ち、何も良い考えが出てこない。

そうしているうちに、帝国騎士団が現場にやってきた。

帝国の騎士に交じって、王国使節団のゴロティス士爵も剣を携えて応援に駆けつけてくれたらしい。良一達に手を上げて合図する。

「無事だったか、石川士爵」

「ええ」

「帝都の複数箇所で王国使節団の面々が襲われている。帝国内の反宥和派の仕業のようだ」

ゴロティスはそう言いながら、帝国騎士団に苛立ちのこもった視線を向ける。

「いえ、反宥和派もいるかもしれませんが、邪神教団が主だと思います」

良一の言葉を聞いて、ゴロティスの眉が動く。

「邪神教団？　各国間の協定では、活動が確認されたら迅速《じんそく》に報告すべきとされる危険な組織だ。しかし、そんな話は聞いたことがない」

「現に、そこに倒れている奴らは邪神教徒ですよ。俺の妹もさらわれたままです」

良一の言葉にゴロティス士爵は顔をしかめる。

そこに帝国騎士団の一人が近づいてきた。

「お取り込み中すみません。反宥和派の潜伏先はこちらでいくつか押さえています。そのどこかに妹さんが囚《とら》われている可能性があります」

帝国騎士の言葉を聞き、良一の心にわずかながら希望が宿った。

今は反宥和派と邪神教徒の違いなどは気にしている場合ではない。すぐにでもその場所に急行して、シラミ潰しに捜すべきだ。

良一がアイテムボックスから《万能地図》を取り出して場所を尋ねようとした時、後ろから耳障《みみざわ》りなノイズの入った女性の声が聞こえた。

「再起動ヲ開始しマす」

いまだ目を閉じて横たわったままのみっちゃんが発した声のようだ。

「クラック行為にヨり、声帯ゆニットの他、多数の破損《はそん》を確認」

「みっちゃん、俺がわかるか」

「はイ、マスたー。申し訳ごザいません。暴走にヨり、モアに危害を加えようトしましタ」

「今はいい。状況はキリカちゃんに聞いた。何かメアの後を追う手掛かりはないか？」

「メモリーに欠落ガありマすが、敵は地下配管を使用しテ移動したト推測できマす」

地下配管と聞いて地面を見る。

「地下の配管がどこと繋がっているかわかるか？　それから、メアがいそうな場所も教えてくれ」

するとみっちゃんは帝都の地図を空中に投影した。ノイズが走って見にくいが、ある一点で、赤い光が点滅している。

「ここにメアがいる可能性が高いんだな」

みっちゃんは無言で頷いた後、そのまま沈黙《ちんもく》した。自己修復を開始したようだ。

「みっちゃんも限界みたいね。今ここだから……遠くはないわ」

キャリーと一緒に《万能地図》と照らし合わせ、場所を頭に叩き込む。

帝国騎士は空中に投影された帝都の地図に驚いているが、良一は気にせずに尋ねる。

「今の場所は潜伏先の一つですか？」

「先ほどの赤い点滅で示された場所ですか？　そこはただの廃墟《はいきょ》で潜伏先の候補ではありません」

今この場に来たばかりの帝国騎士の情報より、実際に邪神教徒とやりあったみっちゃんの情報の方が信頼性は高い。

念のため帝国騎士からも潜伏先の情報を聞き出してから、ゴロティスに声をかける。

「ゴロティス士爵、申し訳ないんですが、お願いがあります」

「言わなくてもわかる。今は王国騎士団神器隊の一員として王国国民の安全を守ろう」

邪神が関わっているならば少しでも加勢が必要だが、マアロもみっちゃんも倒れてしまっている現状では、誰かにモアとキリカの護衛に残ってもらわないといけない。

神器を使えるゴロティス士爵ならば、この場で一番信用できる。

「よろしくお願いします。モア、キリカちゃん、行ってくるよ」

ココとキャリーに目で合図して走りはじめる。

「石川士爵、我々も同行します！」

帝国騎士の何人かが、返事も聞かずについてくる。

今は揉《も》めている時間ももったいないので、良一は帝国騎士を無視して走り続ける。

「最短距離で行きます」

良一達は一般家屋の壁に足をかけて、再び屋根の上へと駆け上がる。

置いてけぼりをくらった帝国騎士が後方で叫んでいるが、三人は構わずに先に進み続けた。

帝都は明らかに混乱に包まれており、夜中なのに各所で明かりが灯《とも》り、まるで町が燃えているようだ。

あちこちで松明《たいまつ》を手にした帝国騎士が駆け回って警戒している姿が見かけられた。そんな騎士達を横目に、良一達は目的地へと急ぐ。

目的地に近づくにつれて人気《ひとけ》が少なくなり、喧騒が遠ざかっていく。

三人が辿り着いたのは、帝都外れにある廃墟で、かつては神殿だったと思《おぼ》しき場所だった。

朽《く》ちた建物の中には襲撃者と同じ全身黒ずくめの邪神教徒が多数待ち構えていたが、今は時間との勝負と考えて、敵の数など考えずに中へと飛び込む。

内部は蝋燭《ろうそく》の薄明かりで照らされていて、そこかしこで待ち構える邪神教徒達の影が怪しく揺らめく。

「随分と邪神教徒がいますね」

「ざっと数えて三十人以上ってところかしら」

「良一さん、メアちゃんの匂いもします」

小声で連携《れんけい》を取りながら油断なく構えていると、奥の祭壇《さいだん》付近に立っている中年の男が話しかけてきた。

「この大切な神殿まで来るとは、大した英雄のようですね」

「メアを解放して、大人しく死んでくれ」

良一は苛立ちを隠さずに吐き捨てた。

「随分と乱暴ですね。でもそういう言葉は邪神様の大好物ですよ」

「邪神に好かれても迷惑なだけだ！」

良一もメアの気配を近くに感じてはいるが、姿が見えない。

男は緊張感もなく、楽しげに話し続ける。

「もしかして、この少女をお捜しですか」

男の声に反応してガタンと音が鳴り、祭壇の手前に隠し階段が現れる。

そこから別の男がメアを抱きかかえて上がってきた。

「それ以上、汚《きたな》い手でメアに触《さわ》るな！」

「邪神様の仰った通りだ。この少女はあなたをおびき寄せる良い餌《えさ》になった」

「良一君、腐《くさ》った連中の戯言《ざれごと》に付き合う時間はないわ！」

「良一さん、背中は任せてください！」

キャリーとココの言葉を合図に、良一は分身体を大量に召喚。多少の怪我《けが》は覚悟で一直線、メアの救出に向かう。

邪神教徒もすぐに反応して祭壇付近に殺到するが、良一は分身体を盾代わりにしてメアにあと一歩のところまで迫る。

「ざーんねーん！」

祭壇の男はメアの体を持ち上げて、祭壇を良一とキャリーの方に蹴飛《けと》ばしてきた。

「だから渡しませんよ。良いですね、その怒りのみなぎった瞳、それも邪神様の大好物です」

「その口を閉じて、メアを返せ！」

ココと分身体が周囲の邪神教徒の動きを牽制《けんせい》している間に、良一とキャリーは連携してメアを取り返そうと手を伸ばすが、男は身軽な動きで避け続ける。

「わかりました。あなた達の熱意に免じて返してあげます。ほら！」

言うが早いか、男はメアの体を良一達に向けて放り投げる。

「くそ！」

メアの体が宙を舞うのを見た良一は、反射的に飛び込んだ。

メアを中心に捉える視界の隅で、男がこちらに何本かナイフを投擲《とうてき》したのが見える。

空中でメアの体を抱きしめ、落とさないように地面に降り立つが、ナイフからメアを庇ったので体のあちこちに切り傷がついた。

「ナイスキャッチ。でも、君が死んでは意味がない」

男が酷薄《こくはく》な笑みを浮かべながらそう告げた瞬間。

メアがいつの間にか手にしていたナイフで良一の腹を深く突き刺した。

虚《うつ》ろな目を見れば、彼女が普通の状態でないのは一目でわかる。

「残念だったな、お前達の考えそうなことはわかるって……」

良一は苦悶《くもん》に顔を歪めながら、突き刺されたナイフの柄《え》をメアの手ごと包み込んで、そのまま引き抜く。

多量の血が迸《ほとばし》ったものの、すぐに《神級再生体》で治して傷口は塞がった。

「再生能力ですか、生命への冒涜《ぼうとく》ですね」

「悪かったな」

返事と同時にナイフを男に向けて投げ飛ばし、良一はメアを抱えて神殿の外へと走り出す。

キャリーも派手な炎の魔法で牽制し、良一の後に続いた。ココは先頭を駆けて道を切り開く。

追っ手は分身体が体を張って防いでいるので、四人とも大きな怪我もなく外まで飛び出せた。

「まったく、憎たらしいほどにお見事ですね」

祭壇にいたリーダー格の男が、分身体越しに拍手した。

「それはどうも」

メアを取り戻せたことだし、一刻も早く退散するのが正解なのかもしれないが、ここで諸悪《しょあく》の根源《こんげん》を潰しておかないと、再び手を出してくる恐れがある。

「キャリーさん、メアをお願いします。ココはサポートしてくれ」

「そうね。ここでけじめをつけておかないとね」

キャリーはメアを抱いて一歩引いた。

「わかりました。良一さんはあのリーダー格に集中してください」

二人とも短いやり取りで良一の考えを理解した。

良一は分身体を蹴散《けち》らして神殿内から出てきた邪神教徒に正対する。

「おや、まだ何か隠し球でもありますか？」

「残念ながら、実力を隠し続けられるほど力もないんでね。ただこのまま退散しても安心できないから、お前たちはここで倒す」

「良い宣言ですね、受けて立ちましょう。皆さん、やってください」

男の合図で、邪神教徒が一斉に襲い掛かってくる。

良一も再度分身体を召喚して真正面からぶつかった。

「皆さん、邪神様からのお言葉です。与えられた能力を行使しなさい」

男の指示が聞こえた次の瞬間、邪神教徒達が発する邪神の気配が一段と濃《こ》くなった。

おそらく、邪神が与える力は一人一人で違うはずだ。

ドラド王は死者の軍団を作る能力、今夜襲ってきた暗殺者達は、人や物を移動させる能力、魔導機を破壊する能力を持っていた。メアを操ったのも洗脳《せんのう》能力によるものだろう。

いずれにしても禍々《まがまが》しく、唾棄《だき》すべき能力に違いない。

相手がどんな能力を駆使してくるかわからない現状では、不用意に自分の身をさらすわけにはいかず、良一は分身体を突《つ》っ込《こ》ませる。

数秒のうちに大多数の分身体が消滅《しょうめつ》したが、その間にも様々な能力が見て取れた。

強酸《きょうさん》攻撃、吸血攻撃、触手《しょくしゅ》攻撃、虫を操る力、体の感覚をめちゃくちゃにして動きを妨げる力など、どれも厄介で凶悪なものだ。

ドラド王を相手にした時のような圧倒的な実力差がなくても、邪神教徒達が駆使する禍々しい力は恐ろしく、足がすくみそうになる。

「でも、やるしかない。絶対に逃げられないからな」

良一は己を奮い立たせ、分身体を再召喚する。

「ココ、キャリーさん。分身体は遠慮なく盾や囮《おとり》に使ってください。それで活路を開くしかない」

それからは分身体と再生能力を使ったゴリ押し戦法だった。

相手に息つく暇も与えずに攻撃を続け、分身体が消されれば再召喚し、傷を負えば再生する。

純粋《じゅんすい》な数の力によるゴリ押しを前に、邪神教徒は一人、また一人と倒れていった。

キャリーはメアを抱えながら精霊魔法で分身体ごと敵を焼き払い、ココは分身体が押さえ込んだ邪神教徒に容赦なくとどめを刺していく。

普通なら有り得ない、嫌悪感《けんおかん》を催す行動だが、今はいかに邪神教徒を倒すかだけに集中する。

「はー、お見事ですね。このままでは遅かれ早かれ、我々は敗北するでしょう」

邪神教徒を半数以上は倒したところで、今まで静観《せいかん》するだけだった男が声を上げた。

「そうか、じゃあ諦めて投降《とうこう》しろ。死刑は確定だろうが」

「いいえ、大切な教徒が全員倒されたら、お話ができなくなるじゃないですか」

「何を言っているんだ？」

「ほうら、また油断した。学習しませんねぇ」

男が歪んだ笑みを浮かべると、今まで倒した者もいまだに立ち続けている者も含む全ての邪神教徒から、邪神の気配が急速に失《う》せていった。

反対に、男が放つ邪神の気配が、際限《さいげん》なく高まり続ける。

「さて問題です。この私が与えられた権能《けんのう》はなんでしょうか」

良一は男の言葉を無視して、キャリーと一緒に精霊魔法を男に放つ。

「残念でした、時間切れ。正解は」

限界まで膨らんだ邪神の気配が風船のように破裂《はれつ》した。

同時に、喋っている最中に男の上体が文字通りはじけ飛んだ。

「なんだっていうんだ⁉」

おぞましい光景に毒づく良一。しかし……

「こういうことだよ」

頭がはじけ飛んで喋る口はないはずなのに、男の下半身から声が発せられる。

良一とココとキャリーの体を悪寒《おかん》が走り抜け、全身が命の危険を訴えた。

下半身の断面部分から黒い靄が生じ、一気に広がっていく。

「さあて、久しぶりに出てきたんだ。暴《あば》れちゃうぞ」

なんとも子供じみた口調《くちょう》ながら、身の毛もよだつ冷酷《れいこく》な声音が響く。

やがて黒い靄が晴れ、新しい上半身が現れた。

下半身は先ほどと変わらないが、新しい上半身は一見して別人のものだとわかる。

元は中年の男だったはずが、今は二十代の浮き世離れした美男子の顔だ。肉体も若々しく発達した筋肉を纏っている。しかし、何より異様なのはその肌の色。墨《すみ》でも垂《た》らしたような、文字通りの黒だった。

「お前、邪神だな」

「時間切れだったけど、大正解」

その言葉を聞いた直後、良一達三人の間を把握できないスピードで衝撃波が通り過ぎた。

「ぶえっくしょい、上半身が裸だから風邪《かぜ》をひいちゃったかな？」

邪神はおどけた態度を続けるが、今のくしゃみで圧倒的な実力差をそれとなく見せつけたのだ。

「せっかく体を借りて出てきたのに、誰も反応してくれないなんて」

ドラド王とも比べられないほどの強大な力を前に、三人とも言葉が出ない。

無理もない。相手は神なのだから。

けれども、やらなければならない。

本音を言えば今すぐにでもメアを抱きかかえて逃げたいが、邪神は笑いながらそれを阻《そ》止《し》して、あっけなく良一達を殺すだろう。

ならば、立ち向かって生き残るしか道はない。

「覚悟を決めないとな……」

さすがに邪神が相手では、動きが単調な分身体は通用しない。目隠しにもならずに蹴散らされるだけだろう。生身《なまみ》の体で戦うしかない。

良一はメアを分身体に預け、少しでも安全なところに運ばせる。

「そうね。邪神殺しなんて、お伽話《とぎばなし》の世界だけど、良一君とならやれそうよ」

「確かに。邪神を斬り倒せたら、私の剣はさらなる高みを目指せそうですね」

キャリーとココも己に活を入れて一歩を踏み出した。

「あのドラドを倒した力《ちから》でせいぜい楽しませてくれ。とても長い生に飽《あ》きてるんだ。俺を満足させることができたらプレゼントでもあげようか？」

「邪神からのプレゼントなんか、お断りだ！」

良一がそう叫んで走り出し、ココとキャリーも続く。

事前の打ち合わせは何もしていなかったが、三人が目指す攻撃目標は同じだった。

邪神の下半身である。

普通の武器では実体化した神に傷を付けるのもままならない。

ならば、いまだに普通の人間に見える下半身が弱点であろうと見当をつけたのだ。

「おいおい、俺の下半身めがけてくるなんて、変態かよ」

邪神は笑いながら、どこからともなく体と同じ真っ黒な刀身の剣を取り出して振るった。

その黒い剣に対して、ココとキャリーが魔力を込めた剣で鍔競《つばぜ》り合いを挑《いど》む。

ぶつかった瞬間に驚くほどに澄んだ金属音が響き、衝撃波が発生する。

「こっちは片手なのに、そっちは両手持ちで互角《ごかく》か。まだ慣れていない体でこれじゃあ、退屈しのぎにもなりそうにないな」

邪神はぺらぺらと軽薄《けいはく》に喋り続けるが、三人はそれに構わず、少しでも隙を作ろうと力を込める。

「今よ、良一君！」

キャリーの合図を受け、背後に回った良一は足元から斜《なな》め上に剣を振り抜く。

「イテテ、ちょっと切れちゃったじゃんか」

普通なら確実に左足を斬り飛ばしたはずの斬撃《ざんげき》だったが、邪神は足運びだけでそれを避け、そのまま良一を蹴りつける。

良一はなんとか片腕でガードしたものの、なすすべもなく五メートルほど飛ばされた。

即座に《神級再生体》を行使して骨折を治しながら、視線は邪神から外さずに再び挑みかかる。

三人とも全く相手にならずあしらわれ続けるが、心はまだ諦めていない。

幾度かのやり取りを経て、徐々に良一達の攻撃も精度が上がってきた。不可視《ふかし》の高速攻撃も、ある程度読んでかわせるようになった。

最初は余裕の笑みを浮かべていた邪神の表情にも、若干の苛立ちが見える。

勝てるかもしれない――心中に淡《あわ》い期待が生まれるが、少しでも慢心《まんしん》すればあっという間に全滅させられるほどの力量差があるのは事実なので、良一達は攻撃の手を緩めない。

「まあまあやるようだね。俺のお気に入りのドラドを倒したのは石川良一だと聞いていたけど、仲間も立派な実力を持っているじゃないか」

邪神と戦いはじめて数分が経ち、ようやくココが邪神の左足を斬り飛ばした。

傷を治そうともせずに右足一本で立ち続ける邪神は、初めて大きく表情を歪めた。

「まだよ！　もう一本の足も頂くわ」

今度はキャリーの剣が右足を捉えた。

「おおおおお」

声にならない叫び声を上げながら、邪神は背中から地面に崩れ落ちる。

良一は剣にありったけの魔力を通し、気合いの叫びとともに邪神の胸に突き立てた。

「うらあああ！」

生き物の肉体とは思えない硬度《こうど》だったが、全体重をかけて力を込めると、徐々に切っ先がみぞおちに沈んでいく。

良一は刀身の半分まで突き刺し、剣を捨ててその場を離れた。

邪神の胸から黒煙《こくえん》が上がりはじめている。

これはとどめを刺せたということか、それともまだまだこれからなのか、判断がつかない。

三人は肩で息をしながらも集中を切らさず、倒れた邪神を見続ける。

だが……

「――まあ少し時間がかかりすぎだけど、オマケで及第点《きゅうだいてん》かな」

胸元で黒煙を上げていたのは傷口ではなく、良一の剣の方だったようだ。

剣はちょうど邪神の肌に触れていた部分で溶けたように折れ、ぱたりと倒れてしまった。

胸にあったはずの傷は、もう塞がっている。

それを見たココは、無言で剣を振り抜き、数発の斬撃を全て邪神に命中させた。

切り刻まれた邪神の体からもうもうと黒い煙が上がるが……煙が消えた後には傷一つなかった。

「再生なんて、やろうと思えば簡単さ。お前の専売特許《せんばいとっきょ》じゃないぞ」

邪神が軽い調子でそう言うと、一瞬のうちに下半身までもが再生した。そして、新たに出現した肉体は、上半身と同じく真っ黒で筋肉質になっていた。

これを見て良一とココとキャリーは息を呑む。

「じゃあ、二回戦といこうか。こういうのは石川良一君にしかわからないかもしれないけど、まだ第三、第四形態もあるよ」

「ゲームか何かのつもりかよ⁉」

良一は絶望を振り払うかのように、がむしゃらに突撃をはじめた。

「良一君、第四形態ってどういう意味なの？」

「まだ全力は出していないみたいです。こうなったら下手に邪神を傷つけるよりも、一撃必殺を狙った方が良いかもしれません。でないと、こっちの体力が保たない」

「それができたら苦労しませんが……他に選択肢はなさそうですね」

「わかったわ」

二人とも良一のただならぬ様子を見て覚悟を決めた。

すかさずキャリーが神器を召喚するための祝詞《のりと》をあげる。

「畏《かしこ》み畏み申す。我が敬《うやま》う裁縫《さいほう》の神モモス。我が望む貴《とうと》き力を貸し与えたまえ」

神器は神の力をその身に宿す切り札《ふだ》だ。しかしその効果時間が終わると力を使い果たして無防備になるという、諸刃《もろは》の剣でもある。

キャリーの隣でココも、良一が初めて聞く祝詞をすらすらと唱《とな》えた。

「畏み畏み申す。我が目指すは剣の頂《いただき》。試練を超えるための剣を求めん」

キャリーの手には裁縫の神モモスの神器〝神針剣《しんしんけん》レイピール〟が、ココの手には七色に輝く短剣――剣聖カヅチの神器の一つ〝名無《ななし》〟が握られていた。

剣神の神器は他の神のものとは異なって、剣神の加護を持つ者ならば誰でも召喚できる。

その代わり、召喚できる回数が五回までと制限されており、制限を超えて召喚しようとすると加護が消えてしまうというデメリットがあるのだ。

だから剣神の加護を得た剣士達は、いかに神器を使わずに剣の道を極めるかを重要視している。

その大事な一回を、ココは今使った。

二人は神器を振るい、復活した邪神を攻撃する。

「泣き虫モモスと、量産型剣神の神器か。戦闘系の神の神器じゃないと、張り合いがないなあ」

邪神はそう嘯《うそぶ》くが、先ほどと違って真正面から打ち合うことはなく、二本の黒い剣で的確に神器をさばき続ける。

その流麗《りゅうれい》な動きは邪神の禍々しさとはかけ離れていて、なぜか神白が使う剣術を思い起こさせた。

一刻も早く邪神を倒さないといけない――良一は言いようのない焦りに突き動かされ、自らも剣戟《けんげき》の渦中《かちゅう》に飛び込んだ。

「なんだ？　武器も持たずになんのつもりだ？」

「とっておきの、切り札だよ」

その言葉と同時に、左右からココとキャリーが斬撃を放った。攻撃は邪神の剣にいなされ、虚しく空《くう》を切る。

しかし、二人の間をすり抜け、良一はがら空《あ》きになった邪神の体に肉薄《にくはく》した。

「畏み畏み申す。我が敬う森と木材の神ヨスク、我が望む貴き力を貸し与えたまえ」

次の瞬間、良一の右手に斧が現れた。良一は突っ込んでいった勢いそのままに、がら空《あ》きになった邪神の胴体目掛けて斧を振り下ろす。

ヨスクの神器を真正面から防御もせずにくらった邪神は、堪《たま》らず両手に握りしめていた黒い剣を手放した。

　ヒットアンドアウェイで後ろに下がった良一と入れ替わり、今度はココとキャリーが同時攻撃を仕掛ける。

「これでどう!?　紅薔薇一刺《べにばらいっし》」

「狗蓮流秘技、短蓮斬《たんれんざん》」

　暴風の如《ごと》き刺突《しとつ》と斬撃が、邪神の体を貫き、切り刻む。

　三人の攻撃をその身に受けた邪神は見るも無残《むざん》な有様で、腕は千切《ちぎ》れ、足はなくなり、全身傷がついていないところがない。それでも、邪神は生きていた。

　唇《くちびる》も頬も切り裂かれているのに、空気が抜けたような不気味な声で喋り続ける。

「さすがに神器の攻撃を三連続で食らうのはキツイな。それじゃあ、そろそろ第三ラウンドにいってみようか。だんだん本来の力が出せるようになってきたぞ」

　邪神がなんでもない風に言うと、再び黒い靄が邪神の体を覆いつくす。

　数秒で靄が晴れ、再び傷跡《きずあと》一つない綺麗な体に戻った。

　今度は額《ひたい》に小さな角が二本生え、黒いジャケットにスキニーパンツという、異世界よりも地球で歩いていそうな格好に変化した。

「こっちはゆったりした服が多いけど、俺ぐらいになると体そのものが芸術みたいなもんだろ？　もっと体のラインがわかる服がいいわけさ」

邪神の口調は相変わらずで、良一達三人の焦りはピークに達する。

先ほどの神器の三連撃は、現状の良一達が出せる最大で最高の連携技だった。

それをまともに食らわせてもとどめを刺せない――三人の心が絶望感に満たされる。

「やっぱり時間がかかりすぎたかな。お前達の応援が来たみたいだぞ」

邪神が良一達の後方を指差した。

迂闊《うかつ》に振り向くことはできないが、ガチャガチャと金属のぶつかり合う音からして、置き去りにした帝国騎士団がやってきたのだろう。

自分で振り切っておきながら都合が良い話だが、今は少しの助力でもありがたい。帝国にも神器を使える騎士が少しはいるはずだ。

「石川士爵、独断《どくだん》での行動は慎《つつし》んでください」

帝国騎士団の代表が、場違いな言葉で良一を咎めた。

「おやおや、状況がわからないのか。残念な応援部隊なようだ」

邪神に嘲笑《あざわら》われ、ようやくその存在を認識したのか、帝国騎士団にも緊張が走る。

しかし、日頃の訓練の賜物か、即座に隊列を組もうと動き出す。

「まあ、寝てなよ」

邪神はそう言って、不可視の高速攻撃を帝国騎士団に放った。

良一達は咄嗟に反応するが、先ほどまで目が慣れていた攻撃が再び見えなくなってしまい、手が出せない。

訓練を積んだ精鋭達も邪神の前には無力で、帝国騎士団は一瞬で退場させられてしまった。

「呆気ない応援部隊だったね」

邪神は満足げに頷くが、誰も反応を示さないので、耳をほじりながら声を上げた。

「おーい、ミカエリアス。お気に入りの人間のピンチなんだ、姿ぐらい見せてやれよ」

邪神の呼びかけに応えたのか、良一の隣に神々《こうごう》しい光の柱が立ち上り……その神白が現れた。

まさに神頼みしかない状況で、天から助けが来た。しかし、神白の表情は優れない。

「神白さん」

驚き、安堵《あんど》、懇願《こんがん》……良一は様々な思いのこもった声でその名を呼んだ。

「気をしっかり持ってください、石川さん」

「無視すんなっちゅうのに」

邪神は自分に目をくれようともしない神白に対して攻撃を仕掛ける。

しかし神白は手にした純白の剣でその攻撃を的確に打ち返した。

「やっぱりミカエリアスは良くやるね、ホイッ」

次の瞬間、邪神が軽い掛け声とともに放った攻撃が、良一の腹を真横に切り裂いた。

良一達にもギリギリ認識はできたのだが、これまでの邪神との戦いによる疲れで体の動きが鈍《にぶ》っていた。

良一は痛みを自覚する前に、反射的に体を再生する。瞬時に傷が塞《ふさ》がって命の危機は脱したが……遅れてやってきた猛烈《もうれつ》な痛みが体を駆け巡る。

「あぁ、可哀想《かわいそう》に。今の攻撃なんかもミカエリアスなら簡単に防げるのに。くだらないルールに縛《しば》られて、こいつらを救うこともできないなんて」

そして邪神はそんなことを喋りながらも良一の体を攻撃していく。

まずは両腕、良一が回復したら次は両足、一瞬で絶命しないようにわざと急所を外し、いたぶりながら攻撃を続けていく。

キャリーもココもその邪神の攻撃をギリギリで知覚しているが、神器の有効時間が終わりかけ、体に疲労感が現れはじめて手出しができない。ほとんど気力だけで立っているような状態なのだ。

ただ己の無力さに歯噛みしながら、ただ良一のことを見つめるのみ。

それは神白も同じである。

良一を助ける力はあるのだが、しかし今はそれを行使できない。

拳が鈍い音を立てるほどに強い力で握りしめながらも、神白は邪神と良一の間には入らず、ただ見つめていた。

ここは再生能力を持つ良一が、自力で踏みとどまらなければならないのだ。

わずか数分の時間が永遠にも思える地獄《じごく》の責め苦《せめく》を受け、良一の心が折れかける。

再生をやめれば命はないので、気を失って楽になることもできない。

「心を強く持ってください！」

励《はげ》ますくらいならその圧倒的な力で助けてほしい、それかいっそこの苦しみから解放してくれ――良一は薄れゆく意識にしがみつきながらそう願った。

「ミカエリアス、これはお前らの甘さが招いたことだぜ。直接顕現する権利は剥奪《はくだつ》されたが、こうして人の体を借りて降臨《こうりん》する権利は、邪神でも十五分間は認められている」

「そうですね。この後主神に権利ルールの改正を要求しましょう」

「だけど今回は間に合わねえ。今、俺が降臨して十二分二十秒だ。石川良一と遊ぶって目的は果たしたから、お前が俺を攻撃できる数秒前にこいつを殺して俺は退散するとしよう。こいつらが俺に対してやりたかった〝再生するための時間すら与えない強力な攻撃〟でな」

その言葉に良一の心は絶望で染まる。

良一達の意図などお見通しだったのだ。それを知った上で、手を抜いて遊んでいたのだ。

まるでそれを証明するかのように、邪神は先ほど良一達が加えた攻撃を逐一《ちくいち》再現しながら、良一を切り刻む。

尋常《じんじょう》ではない痛みに意識が飛びかけるが、良一はなんとか体を再生して、切断された足を元に戻す。

「俺も神のはしくれよ、最初から人間の心なんかも読めちまうわけさ」

邪神は耳に手を当てるジェスチャーをしながら大げさに頷く。

「なになに？　さっきまで殺してでもいいから解放してくれって思っていたのに、今は死にたくない死にたくないって思っているのかな？」

邪神は自分で言って思いっきり吹き出した。

「あーはっはっは、いいねいいね。身勝手に死にたい生きたいって」

悔《くや》しいと思っても何もできない。邪神を喜ばせるだけだと理解しながらも、良一は再生スキルを使用する。

「ほら石川良一、お前の命もあと数十秒だ。再生スキルを発動し続けろ、無駄な努力だが、やるだけならタダだぞ」

邪神は甘い言葉を囁きかける。

先ほどの高速攻撃を食らえば次はもうない。今の良一には再生スキルを使用する間もなく殺されてしまうだろう。

体は土にまみれ、自身の血で汚れ、それでも再生スキルが良一を生かしている。だが、心はもうすり切れてしまった。

自分に対する絶望なのか、それとも邪神に対しての絶望なのかもわからず。

良一は意識を手放しかける……

「良一君‼」

「良一さん！」

キャリーとココが最後の気力を振り絞って神器の一撃を見舞った。

ほとんど倒れ込むような捨て身の攻撃も、邪神は涼《すず》しい顔で受け流した。

それ以上有効なことは何もできず、二人は力なく地面に突《つ》っ伏《ぷ》してしまう。同時に、二人の神器も淡い光になって消えた。

「これが最後の抵抗か。本当にガキの遊びだな」

それでも、良一にはありがたかった。

二人の体力はもう限界で、激痛《げきつう》に歯を食いしばりながら身を挺して彼を助けようとしてくれたのだ。

ふと、良一は二人に最期《さいご》の言葉を残そうかと考える。

諦めの境地に達したことで変に心にゆとりが生まれ、良一は周囲を確認した。

帝国騎士団のさらなる増援《ぞうえん》か、松明の明かりがこちらに近づいてくるのが見える。だが、今さら間に合わないだろう。

視線を動かすと、少し離れた廃屋《はいおく》の側にメアが横たわっている。激痛を受けたせいで、メアを守らせていた分身体が解除されてしまったらしい。

良一は無意識にメアに向かって手を伸ばす。

そこで邪神もメアの存在を思い出したようだ。

「これは申し訳なかった。最期の瞬間は義理の妹にも見てほしいだろう？」

邪神が愉快《ゆかい》そうにパンと手を叩くと、気を失っているメアが良一達のすぐ側に転移した。

「やめろ」

「それはお前が決めることじゃない」

邪神は良一の言葉を切り捨てる。

突然、メアの腕から黒い煙が立ち上がったかと思うと、一筋《ひとすじ》の切り傷が刻まれた。

「いっ」

痛みに驚く小さな声とともに、メアが意識を取り戻す。

自分の腕から血が流れているのを見て、反対の手で押さえようとする。それから顔を上げて周囲を確認し、良一と目が合った。

彼女は驚いて目を見開く。

その瞳が小さく動いて、地面に倒れ伏すココとキャリー、邪神と神白達の存在を認識した。

「やあ、おはよう、石川メア君」

邪神が猫撫《ねこな》で声でメアに話しかける。

メアは体を大きくびくつかせる。

邪神のプレッシャーを間近《まぢか》で浴びて、体の揺れが激しさを増す。

「そう怖がらなくてもいい。さっきは声だけしか聴《き》かせられなかったからね」

メアは口を真一文字に結《むす》んで、気丈に邪神を睨みつける。

「どうにか状況を好転させようと必死に考えているね？　ここで倒れている三人は、もうそんなこと考えてもいないのに」

「良一兄さん」

恐怖で声を震わせながらも、メアが良一を呼んだ。

「無駄だよ、君の義理のお兄さんはこれから死ぬんだ。彼もそれを受け入れている。君を目覚めさせたのは、石川良一の最期の瞬間を見せたかったからさ」

メアは邪神の言葉を拒否《きょひ》するように、手を前に突き出して水の精霊魔法を放った。

「おや、水遊びかい？」

しかし水の精霊魔法は邪神に触れることすらなく払われてしまう。

「私が良一兄さんを守ります」

メアは強く言い切った。

「とても健気《けなげ》な妹だね。今からあの顔が君の死で絶望に変わるのが楽しみだ」

「メア、ここから離れろ」

「嫌です。私が良一兄さんを守ります」

そう言ってメアは起き上がろうとするが、恐怖で足がすくんで前につんのめってしまう。

「メア！」

メアの頑張りを見て、良一の心にも少しだけ気力が戻った。

「義理の妹さんの姿を見て、やる気が戻ったのかな。じゃあ、いよいよお待ちかねの最期の時だ。再生スキルの準備はいいかな？」

邪神はとても楽しげに右腕を大きく上げた。

良一は最後のあがきで、闇雲に再生スキルを使い続ける。

「じゃあ、死ね」

短く呟いて、邪神は右腕を前に振り下ろす。

「良一兄さん‼」

メアの絶叫《ぜっきょう》が聞こえるが、良一の目は邪神だけを捉え続ける。

そこに、ドカドカと走る耳障りな音が割り込んだ。邪神の行動を妨げるように、男の大声が空気を震わせる。

「死なせん！」

直後、邪神の体に真横から光の斬撃が叩き込まれた。

邪神に重大な傷を与えられるほどの威力は決してない。しかしその攻撃には、ほんの少し邪神の体を動かすだけの力があった。

「どうだ、俺の〝ウルトラハイパースーパーゲイルスラーッシュ〟‼」

マーランド帝国第一皇子ゲイルの放った攻撃で、良一の体は再生スキルを発動する刹那《せつな》のタイミングを手に入れた。

体についている肉の八割は抉《えぐ》られたかという、見るも無残な姿だったが……事前に再生スキルを使っていたおかげで、すぐに肉が元通りになる。

「嘘だろ、おい！　外野の攻撃なんて興醒《きょうざ》め——やり直しをようきゅ——」

邪神は毒づくが最後までセリフを言えない。

「現世への降臨の時間超過《ちょうか》を確認。介入《かいにゅう》を開始します」

淡々《たんたん》とした声と同時に、神白の白い剣が翻った。

邪神は神白の鬼気迫《ききせま》る攻撃を無言でさばき続けるが、大した抵抗もできずにあっけなく胸を貫かれ、地上から肉体を消滅させられてしまう。

黒い靄に包まれながら、最後に邪神は満足した様子で良一を見つめる。そして、口の動きで〝また遊ぼうぜ〟と伝えて消え去った。

邪神を倒した神白も、良一に対して深々と頭を下げてから姿を消した。

「良一兄さん」

メアがなんとか起き上がって、倒れ伏したままの良一に歩み寄る。

良一は再生スキルによってギリギリで死の淵から蘇《よみがえ》ることができた。

しかし、体を駆け巡る激痛で意識を失っていた彼には、メアと、その後ろから駆け寄る帝国騎士の存在は認識できなかった。

四章　精霊の森

翌日、帝都中に王国からの使節団員を狙った襲撃事件についての発表がなされた。首謀者《しゅぼうしゃ》と実行犯は良一と騎士団の活躍によって捕縛され、大きな被害は出ずに事件は終《しゅう》息《そく》した。メア、モア、マアロ、キリカの四人にも大きな怪我はない。

良一は帝都の屋敷で目を覚ました。

枕元には目に涙の跡をクッキリと残して眠るモアの姿。その隣に寄り添うようにキリカが寝ている。

今回もなんとか生き残ったと安堵する一方、モアに涙を流させてしまった後悔で心が痛む。

良一の動きで目が覚めたのか、キリカが目を開いた。

「キリカちゃん、おはよう」

「良一……」

最初は少し寝ぼけた状態だったキリカも、意識が覚醒《かくせい》するにつれて状況を理解し、声を殺して泣きはじめた。

いつもは大人びた彼女が涙を流すのは意外だったが、それだけ無理をさせてしまったのだろう。

次《つ》いで、モアも目を覚まし、良一の胸に飛びついた。

「良一兄ちゃん、良一兄ちゃん、うわーん」

キリカと違って、モアは感情のままに大声で良一の名前を呼びながら泣き続ける。

その声を聞きつけたのか、間もなくキャリーが部屋に入ってきた。

「今回もなんとか生き残れたわね、良一君」

キャリーは優しく微笑んで良一を労った。

「マアロちゃんとメアちゃんは無事よ。今ココちゃんが見ているわ。メアちゃんにかかっていた洗脳もちゃんと解けているから、安心して」

「良かった。……でも、またモア達に涙を流させてしまいました」

「無事を喜ぶ嬉し涙なら、流してもいいのよ。今は優しく慰《なぐさ》めてあげて」

「はい」

良一はしばらく黙ってキリカとモアを抱きしめて、慰め続けた。

泣き疲れて眠ってしまった二人をベッドに寝かせてから、良一とキャリーはメア達の部屋に移動した。

二つ並んだベッドの脇にはココが座っている。

昨日の戦闘の負傷で腕に包帯を巻いているが、顔色は良くて元気そうだ。

良一の姿を見た彼女は、立ち上がろうとする。

「良一さん」

「俺は大丈夫だから、座っていて」

良一はココの隣に腰を下ろした。

「今回も随分ととんでもない敵と戦いましたね」

「俺としては、皆と平和に楽しく旅をしたいんだけどね」

「私もです」

「良いビンタだったよ。あの時はスッキリ目が覚めた」

良一はメア達四人がさらわれた時の状況を思い返し、はにかみながら礼を言った。

「今回は一人で突っ走らなかったので、成長しましたね」

「はははは、また一人で突っ走りそうになったらビンタをしてほしいな」

「いくらでもしてあげますよ」

「ところで、結局邪神はどうなったんですか？」

良一は改めて自分が意識を失った後の話を聞いた。

自分も神器の影響で倒れてしまったので、帝国の騎士から聞いた話だと前置きした上で、キャリーは良一に詳細を語った。

「……じゃあ、俺を救ってくれたのは帝国の第一皇子だったんですね」

「そうね、よくあの場所がわかったと思うけど、第一皇子の説明は、呼ばれた気がするとか、悪い気配を感じたとか、抽象的《ちゅうしょうてき》な話ばかりでね……」

キャリーは苦笑しながら肩を竦める。

「でも、来てくれなかったら確実に死んでいました」

「そうね」

三人ともその場にいたからこそわかる。第一皇子の攻撃は、あの瞬間より早くても遅くてもダメだった。

全てのタイミングが奇跡《きせき》的に噛み合ったからこそ、良一は今も生きているのだ。

そんな話をしていると、マアロが目を覚ました。

「気がついたか、マアロ」

マアロは朦朧《もうろう》としながら良一の呼びかけに応える。

「ここは？」

「帝都で泊まっている屋敷だよ」

「メアとモアは？」

「モアは別の部屋でぐっすりと眠っているよ。メアはほら、隣のベッドで寝ている」

マアロは顔を動かして寝ているメアを見る。

「マアロのおかげで、二人とも大きな怪我はないよ」

「良かった」

マアロは心底ホッとした様子で声を絞り出した。

「今回は本当に助かった。メアとモアの近くにマアロがいなかったら、最悪な結果になっていたかもしれない」

マアロは首を横に振る。

「無我夢中だった。結果的に守れたけど、確実ではなかった」

あんな状況で完璧に対処できる人間など、果たしてどれほどいるのだろうか。

「今回は邪神が相手だったんだ。全員が生きているだけで大成果だよ」

「そうなのかな」

いつになく気弱にマアロが呟いた。

自分を責めている様子のマアロを元気づけるため、良一は努《つと》めて明るい声を出す。

「それなら一緒に稽古をしよう。俺だって邪神には手も足も出なかった。だから、一緒に強くなろう」

「うん」

「腹は減っていないか」

「ドーナツ」

「ああ、たくさん食ってくれ」

良一がベッドの上にドーナツの入った箱を置くと、マアロはいつもの調子を取り戻し、一心不乱《いっしんふらん》にドーナツを貪《むさぼ》りはじめた。

そして、ようやくメアが目を開いた。

「おはよう、メア」

「おはようごじゃいます……良一兄さん」

まだ寝ぼけているのらしく舌が回っていない。

「モアは?」

「別の部屋で寝ているよ。もちろん、怪我もしてない」

「良かったです」

だんだんと意識がハッキリしてきたのか、メアは良一の顔をマジマジと見た。

「どうした?」

「良一兄さん、怪我はないですか?」

「ああ無事だよ。メアのおかげだ」

メアはもぞりとベッドから起き上がって、良一の体を確かめるようにあちこち触った。

そして静かに涙を流しはじめる。

「邪神と戦った時は、メアの言葉に助けられたよ。それにモアとキリカちゃんから聞いたよ。モアを庇って結界の外に出たって」

「だって、私はモアのお姉さんだから」

「怖くなかったのか？」

「怖かったです。邪神の声を聞いた時は動けなくなりました」

ココやキャリーに鍛えられているとはいえ、メアだってまだまだ少女だ。

「でも信じていたんです。絶対に良一兄さんが助けに来てくれるって」

「もちろんだよ。水の魔法を空に向かって放ったのも、メアのアイデアだったんだろ？　あれで皆の場所がわかったんだ」

「私ももっと勉強や鍛錬を重ねて、良一兄さんを助けます」

「なら、メアにもっと頼られるように、俺も鍛えないといけないな。メアもドーナツを食べるか？　お腹が空《す》いてるだろ？」

そう言って、メアにもドーナツの箱を差し出す。

この様子なら、洗脳されていた時に良一の胸に短剣を突き刺した記憶はないらしい。

その件は自分達の胸にしまっておこうと、良一とココとキャリーは視線を交わして頷き合った。

「さて、残るはみっちゃんか」

良一がそう呟いたタイミングで、扉がノックされた。

「はい」

「失礼します」

そう言いながら入ってきたのは、みっちゃんだった。

「みっちゃん、調子はどうだ？」

「はい、声帯ユニットは復旧し、その他の機能も随時復旧しております」

みっちゃんはそこで一呼吸置き、メアに対して頭を深く下げた。

「メア様、メア様の命を危険にさらしてしまい、申し訳ございません」

「みっちゃん、いつものようにメアって呼んでください」

「私は皆様の安全と生活を守るための存在です。それが――」

「みっちゃんは悪くないです。みっちゃんも洗脳されていたんですよね」

そう言ってメアはみっちゃんの謝罪《しゃざい》を止める。

「しかし……」

「もう全て解決したんです。だから良いですよね、良一兄さん？」

メアの顔には今の良一達の関係を崩したくないという意志が、ハッキリと表れていた。

「ああ、メアがそれでいいなら構わないよ。それに、俺にはみっちゃんがまだまだ必要だからな。これからも一杯俺達を助けてくれ」

「かしこまりました」

こうして仲間内での反省会は終わった。

◆◆◆

しばらく館で休養した後、良一はスマル王女らとともに事件の説明を受けるために登城した。

「この度はまことに申し訳ございませんでした」

応接室に居並《いなら》ぶ帝国の役人達が一斉に頭を下げる。

代表して謝罪しているのは内務大臣を務めるツユブル伯爵。皇帝の側近《そっきん》の中では屈指の頭脳派として知られる人物で、元は男爵家の次男であったらしいが、己の力で陞爵《しょうしゃく》を重ねて現在の地位に就いたという。

「恥ずべきことですが、今回の件は、以前国家転覆を謀《はか》った帝国貴族が裏で糸を引いておりました。カレスライア王国を含む諸外国との友好路線に、一石を投じることが動機であったようです。ただ、まことに勝手ながら、協力者や背後関係など事件の全貌が明らかになるまで、他言無用《たごんむよう》に願います」

もっとも、ツユブル伯爵の言う帝国貴族は表向きの首謀者にすぎず、実際は邪神の企みであることは明白だ。帝国側もハッキリと言わないまでも、かなりのところまでは情報を掴んでいるのが窺える。

良一は穏便《おんびん》に済ませようと、あえて何も言わずに謝罪を受け入れる。

「襲撃には驚きましたが、被害はありませんし、こちらとしては今回の事件をあまり大事《おおごと》にはしたくないですから」

「そう言っていただけると、私どもも助かります」

ところが、スマルの考えは良一とは違っていて、容赦なく帝国側を糾弾《きゅうだん》した。

「しかし、他国の貴族への襲撃は、外交問題に発展しかねない重大事です。石川士爵であったからこそ被害もなく収まったという点は、ご理解いただけると思うのですが」

「スマル王女のお言葉はごもっともでございます。皇帝陛下も今回の一件に心を痛めておいでです。石川士爵には見舞の品として、こちらを預かっております」

そう言ってツユブルは見るからに上等な小箱を良一の前に差し出した。

「こちらは帝都近郊の遺跡にて発掘された百変石《ひゃくへんせき》と呼ばれる魔道具で、持ち主の力量によって姿を変える武器でございます」

「それは凄いですね」

「石川士爵の武勇伝は私どもの耳にも入っております。様々な武器を振るい、精霊魔法を駆使する石川士爵に相応《ふさわ》しい道具であると思われます」

スマル王女は差し出された詫びの品が魔道具だと聞いて、あまり面白くなさそうだ。

良一も実のところ大して興味はなかったものの、場を収めるために大げさに喜んでみせる。

この魔道具はただの石にしか見えないが、魔力を流すと剣や槍など様々な形に変化する代物《しろもの》のようだ。説明を受けて実際に触ってみるとなかなか面白く、良一は思いのほか気に入った。

良一が百変石をアイテムボックスに入れるのを見届けて、帝国側の役人は胸を撫で下ろしている。

「今回の席は取り急ぎの非公式な謝罪の場でありまして、真相が解明された折には、公式に謝罪させていただきます」

とりあえず用は済んだらしいので、良一は帝城を出て屋敷に戻った。

◆◆◆

良一達が城を去った後、ツユブルはすぐに別の会議室に移動した。

室内には皇帝を筆頭に邪神教団殲滅作戦を計画したメンバーが集まっている。

しかし、昨夜の事後対応に追われる者も多いのか、空席《くうせき》が目立つ。

「石川士爵の様子はどうだった？」

ツユブルが席に着くなり、皇帝が真っ先に尋ねた。

「大きな怪我もなく、元気そうでした。こちらの詫びの品もすんなり受け取り、事件を大事にしたくはない様子です」

「そうか」

ツユブルは早速今回の作戦の総括《そうかつ》に入る。

「今回の邪神教団殲滅作戦はおおむね成功と言えるでしょう。判明していた潜伏先を全て潰し、騎士団内に紛れ込んでいた内通者を含む多くの邪神教徒を逮捕《たいほ》しました。しかし、邪神の降臨は想定外でした。この件に関しましては、現場に居合わせたゲイル第一皇子からも報告が上がっております」

会議参加者の視線がゲイル皇子に集まる。

「確かに、あれは間違いなく邪神だったな。俺の必殺技を叩き込んだのに、平然としていやがった」

その発言に会議室にいた全員が驚いた。

空気を読まない筋肉バカとはいえ、ゲイルは帝国で屈指の実力を持つ武芸者だからだ。

その彼の全力攻撃で傷を与えられなかったというのは、ただ事ではない。

「全く傷を与えられなかったのか？」

皇帝が念を押すように尋ねた。

「全くです、父上。あれは笑うしかありませんよ。ハッハッハ」

そんな化け物相手に死者も出さずに生き残った良一達の実力は、帝国重鎮達の間に深く印象づけられた。

「それでツユブル、王国側には邪神が顕現したことは伝わっているのか？」

「スマル王女は確度《かくど》の高い情報をつかんでいるようです」

皇帝は深いため息を漏らした。

「やむを得んか。続けろ」

「は。では、帝都の被害状況ですが――」

会議はその日の夜遅くまで続いたのだった。

◆◆◆

「良一兄ちゃん、良一兄ちゃん」

「急いで」

登城した翌日。昼過ぎまで惰眠《だみん》を貪っていた良一を、モアとマアロが叩き起こした。

二人に手を引かれ、良一は慌ただしく応接室に連れていかれる。

「二人ともどうしたんだ、いったい」

扉を開けると、意外な客人が待ち受けていた。

「石川士爵、突然押しかけてしまい、申し訳ございません」

目が眩《くら》むほどの美貌を誇る赤い髪の女性——アンゼリカ第一皇女だ。

「アンゼリカ第一皇女様!?　本日はいかがされましたか？」

「襲撃を受けた石川士爵への謝罪と慰問《いもん》です。昨日は内務大臣から謝罪をしましたが、私も皇室の代表として参りました。此度の不祥事《ふしょうじ》、大変申し訳ありませんでした」

「どうか顔をお上げください、アンゼリカ皇女。ツユブル伯爵からは丁寧な謝罪を受けましたし、高価な見舞いの品も頂きました。その上アンゼリカ様にまで謝罪されては、かえってこちらが申し訳なくなります」

「あくまでもツユブル伯爵と私の謝罪は非公式のものですので——」

「妹や同行者にも怪我はなかったのですから、それで良いではありませんか。自分も、両国の友好関係に亀裂《きれつ》を生じさせるのは本意ではありませんので」

しばらくそんなやり取りを続け、良一はなんとも気まずい時間を過ごした。

二人きりの空間で色香溢れるアンゼリカに真正面から見つめられると、その気がなくてもドギマギしてしまう。

かといって、真面目な謝罪の場で目を逸《そ》らすわけにはいかず、良一は表情が緩まないように無理やり厳めしい顔を作らなければならなかった。

「お詫びの印というわけではありませんが、もしご予定が合えば、普段は皇室の者しか立ち入りが許されていない精霊の森という場所に、皆様をご招待したいと思っております。精霊力に満ちた大変美しい場所で、皆様の気分も晴れると思いますよ。いかがですか?」

「それは是非お願いします」

良一は皇女の提案に反射的に返答した。

そのくらいで相手の気が済むならば安いものだ。

「精霊の森の件はまた追って案内をさせます。この度はご迷惑をおかけしました」

そう言ってアンゼリカ第一皇女様は帰っていった。

「やれやれ、邪神教徒の襲撃よりも疲れるよ」

どかっと椅子に座った良一の口から、愚痴《ぐち》がこぼれる。

「良一、鼻の下を伸ばしすぎ」

「仕方ないだろう、あの魅力は悪魔的だ」

マアロとそんなやり取りをしていると、玄関の扉をドンドンと強く叩く音が聞こえた。

「頼もう!」

扉越しでもハッキリ聞こえる大声に続き、周りの者と何やら言い合う騒がしいやり取りが始まる。

「皇子、頼もうとはなんですか、慰問に来たのですから、もっと丁重《ていちょう》に」

「なに？　ではなんと言えばいいのだ」

「ですから、何度も言っておりますとおり、この場合は相手の方に慰問するのですから――」

「ええい、話が長い。頼もう！」

この尊大な口調を聞けば顔を見ずとも誰が来たのかわかる。

「ようこそおいでくださいました、第一皇子殿下」

エントランスにはメイドが待機していたが、良一が直接扉を開けて応対した。

「おう、元気そうじゃないか、えっとイ、イ、イモ？」

「皇子、石川士爵です」

お付きの者が慌てて耳打ちした。

「そうそれ、石川士爵、見舞いに来てやったぞ」

「わざわざありがとうございます」

「ははは、気にするな」

脳天気に笑う第一皇子を見ていると、豪快《ごうかい》な性格を通り越して、ただのバカなんじゃないかと不安になる。

しかし相手は強大な帝国の第一皇子、失礼があってはならない。良一は先ほどまでアンゼリカ第一皇女がいた応接室に案内する。

「その節《せつ》は大変お世話になりました」

「帝都の安全を守るのは皇室の務め。皇子として当然のことをしたまでだ」

ゲイルはよほど喉が渇いていたのか、メイドが淹れた紅茶を一息で飲み干《ほ》してしまう。

それを見てメイドは何度も新しい紅茶を注ぎなおすが、皇子はその度にすぐに飲み干す。注ぐ、飲み干すと繰り返しているうちに、とうとうポットの中の紅茶がなくなってしまった。

「この紅茶は随分と美味《うま》いな。気に入ったぞ」

「ありがとうございます。帰りに茶葉を包ませていただきます」

「できればたくさん土産としてくれ」

ゲイルの後ろで側仕えの男性が盛大に頭を抱えている。

この調子だと、側近達は日頃から随分と苦労が多いのだろう。

「おっと、いかんな。慰問に来たのだったか」

「いえ、こちらこそ、殿下のウルトラハイパースーパーゲイルスラッシュに命の危機を救っていただきました」

「む、それは違うぞ」

突然、ゲイル皇子が不機嫌そうに片眉を吊《つ》り上げた。

「えっと」

「正しくはウルトラハイパースーパーゲイルスラーッシュだ。スラーッシュの溜めと伸ばしの重要性がわからんとは、卿《けい》もまだまだだな」

ゲイル皇子が身振りを交えて大真面目に解説をはじめるので、良一は太ももをつねって笑いをこらえねばならなかった。

部屋に待機する使用人達も、なんとか笑うまいと必死に我慢している。

しかし、そんなこととは露知《つゆし》らず、扉の向こうにいたモアが、皇子の真似をして〝スラーッシュ〟と叫んだ。

良一はたまらず噴《ふ》き出してしまったが……ゲイルは特に気にしていないようだ。むしろ、モアの声に興味を引かれたらしく、そちらに目が行っている。

「おっ、廊下《ろうか》から随分と威勢《いせい》の良いスラーッシュが聞こえたな。構わん入れ」

当然、誰も入ってこない。しかし、なんと第一皇子は自ら席を立って扉を開いた。

そこには、必死に笑いをこらえるキリカとメア、二人に口を塞がれたモアの姿があった。

「今のスラーッシュを叫んだのは誰だ」

さすがに第一皇子の前で口を塞ぎ続けるのは失礼だと考えたのか、メアが手を放す。

「はい！」

モアは物怖《ものお》じせず元気よく応えた。

「元気が良いな、名前はなんという」

「石川モアです！」

「石川モアか、良い名前だ。スラーッシュ」

「スラーッシュ！」

第一皇子が再び身振り付きでスラーッシュと叫び、モアも負けじとスラーッシュで応える。

「良いスラーッシュだ。気に入った！　モアよ、俺の嫁にこないか」

ゲイルの口から年齢差もビックリな発言が飛び出し、良一は絶句《ぜっく》する。

「皇子——‼」

側仕えの者達も顔を真《ま》っ青《さお》にして皇子の口を塞ぐ。

「石川士爵、大変失礼いたしました。今のはもののたとえと言いますか、皇子の冗談でございます。急ですが、本日はこれにて……」

ゲイルは側仕え達に抱えられる形で、強引に応接室から連れ出された。

「良一兄ちゃん、スラーッシュ！」

「モア、スラッシュは禁止だ」

嵐のようにやってきて、嵐のように去った帝国の皇子は、モアの教育に大変な悪影響を残していったらしい。

◆◆◆

精霊の森へと向かう当日の朝、良一達は帝城の一室に集合していた。

良一側はモアやキリカ、ココなども含む八人全員が参加する。

「よく来てくれました、石川士爵。本日の精霊の森への往訪には私の知人も同行させていただきますので、ご紹介します」

アンゼリカは軽い挨拶の言葉に続けて、知人という人物を部屋へと招き入れた。

扉を開けてやって来たのは、皇女に負けず劣らずの美女二人。

そのうち一人は、なんと良一達が観《み》た劇の主役を務めた歌姫メアリーその人であった。

「初めまして、メアリー・スティレーンと申します」

「バウム・デレロ・レンです。初めまして」

三人の存在感に圧倒され、良一は口ごもってしまう。

「は、初めまして、石川良一です」

「先日劇をご覧になったから、石川士爵はメアリーをご存知ですよね。けれど、こちらのレンとは初めてでしたでしょう?」

アンゼリカの説明によればバウムは学生時代の学友で、現在は若くして移動用魔導甲機の改良などの成果を上げ、帝国学園の次席研究員を務める俊才《しゅんさい》らしい。

なんでも、三人は子供の頃からの友人で、アンゼリカは二人に全幅《ぜんぷく》の信頼を寄せているそうである。


「では精霊の森に向かいましょうか」

アンゼリカ第一皇女が先導して、竜車に乗り込んだ。

精霊の森は帝都から竜車で西へ半日ほどの所にある。

初代皇帝はこの森で精霊と契約し、その魔法の力を頼りに争いが頻発《ひんぱつ》する小国をまとめ、帝国を築き上げたという話が伝わる、皇室にとって神聖な場所だ。

休憩を挟みながら半日移動して、一行は目的地に辿り着いた。

精霊の森は平野の真ん中にぽつんと存在する小さな森だが、樹齢《じゅれい》数百年の木々が茂《しげ》っていて、厳《おごそ》かな雰囲気が満ちている。

周囲を騎士が多数巡回していて、一般人が立ち入らないように監視しているようだ。

「石川士爵、早速参りましょう」

「ええ、お願いいたします」

森の中の空気は澄んでいて、暖《あたた》かい木漏《こも》れ日を浴びながら歩くと心が洗われるようだ。

また、精霊と契約している良一達には、多くの精霊が辺りを飛び交っているのがわかる。

モアは自分の契約精霊の〝かーくん〟を呼び出して、周囲の精霊に手を振っている。

「妹様は風の精霊と契約を交わしていらっしゃるのですね。石川士爵も契約を交わされているとか？」

歌姫メアリーは、楽しそうなモアの様子に微笑みながら良一に尋ねた。

「え、ええ。リリィとプラムという名の精霊と契約しています」

歌姫に話しかけられて、良一は緊張のあまり声をうわずらせる。


一行は森の中心に生えている一際巨大な古木《こぼく》の下にやってきた。

アンゼリカによると、この木は精霊の大樹と呼ばれており、初代皇帝と契約を交わした大精霊が住んでいると伝えられているそうだ。

「……けれども、そのお姿を見た皇室の者は数えるほどしかおりませんわ」

アンゼリカはそう説明を締めくくるが、実はその数えるほどしかいない人物の中に彼女も含まれている。

「大精霊様を見たいね」

無邪気なモアの発言で、皆が和む。

「そうだな、でもアンゼリカ様の話では恥ずかしがり屋な精霊様らしいから、急には無理かもしれないな」

そう言いながらも良一は、モアはやたらと精霊に好かれるので、本当に出てきてしまうかもしれないと危惧《きぐ》していた。

そもそも良一が知っている大精霊は、ドーナツ好きでおばちゃん根性のある、なんとも押しが強いキャラクターなので、精霊を神聖視する帝国の人々が抱く印象とはギャップがある。

しばらく精霊の大樹を眺めていると、何者かが良一の服の後ろを引っ張った。

モアかと思って振り返ると、見知らぬ女の子がいた。

良一達の知り合いでもなければ皇女の従者でもない。さっきまで存在しなかった少女だ。

シンプルなワンピースを着ていて、モアよりも幼く見える。

良一にはこういう展開に心当たりがあった。

「なんだか少しデジャビュを感じるけれど……君は誰かな？」

「ドーナツ……」

少女は質問には答えず、小さな手を差し出した。

「ドーナツ食べたいの？　モア持ってるよ」

モアが自分のアイテムボックスからドーナツを取り出すと、女の子は小さな手を伸ばしてアピールする。

「欲しいの？　はい、あげる」

「ありがとうです」

モアは気前よくドーナツを渡し、ついでに自分の分も出して食べはじめた。

二人は笑顔で美味しい美味しいと言いながらドーナツを頬張る。

「キャリー、マアロ、この子は精霊だよな？　それも結構な力を持っている」

良一は少女を指差してキャリーとマアロに確認した。

「そうね」

「大精霊様の力を感じる」

マアロに引けを取らないドーナツへの執着《しゅうちゃく》ぶりに、三人とも苦笑する。

「あら～、段々とわかってきたじゃない」

聞き覚えのある声が響いた。

次の瞬間、良一の隣にカレスライア王国で二度会った湖の大精霊がいた。

豊満《ほうまん》な体つきは相変わらずで、意識していないとついついセクシーな胸元に視線が行ってしまう。

「その子、シーアっていうんだけど、あなた達の言葉に当てはめるならば、姪《めい》っ子ちゃんかしら～？　でも、妹とも言えなくもないわね～」

「どうして疑問形なんですか？」

「精霊は個体としてそれぞれに意識を持っているわけではなくて、一つの体に複数意識が宿る集合精神体とでも言うのかしら？　とにかく～、その母体となる存在は皆同じなのよ」

「では、彼女も大精霊様の娘さんのセラちゃんと同じで、未来の大精霊というわけですか」

「そうね～」

ドーナツを食べ終えたモアと大精霊の女の子が一緒に遊びはじめた。

「相変わらずモアはすぐに誰とでも仲良くなるな」

良一達はこういう展開は慣れっこだったが、アンゼリカ達は違った。

見知らぬ少女と女性の存在に気づき、驚愕している。

「石川士爵、石川士爵、そちらのお方は」

メアリーもバウムも良一の隣の大精霊をまじまじと見ている。

「こちらのお方は大精霊様ですよ」

「やはり！　お初にお目にかかります。マーランド帝国第一皇女アンゼリカと申します。その荘厳なお姿を目にでき、大変光栄です」

アンゼリカ第一皇女達は大仰《おおぎょう》に膝をついて頭《こうべ》を垂《た》れるが、大精霊様は軽く手を振って返事をするだけで、まるで興味を示していない。

あまりの温度差で、良一はアンゼリカ達が気の毒になった。

「見て、良一兄ちゃん、シーアちゃんとお揃い！」

「モアとお揃いなのです」

モアと少女はみっちゃんに教わって花冠《はなかんむり》を作ったらしい。少し不格好なそれを頭に載せて満面の笑みで見せびらかしてくる。

「可愛いじゃないか」

良一に褒められた二人は、嬉しそうにまた走り去っていく。

そんなやり取りを見て、アンゼリカが良一を咎める。もはや襲撃の謝罪のことなどすっかり頭から抜け落ちてしまったようだ。

「石川士爵、大精霊様の前で無礼ではありませんか」

「えっと、すみません」

どうやら、良一達が平伏《へいふく》せずに平然と話しているのが気に入らないらしい。しかし、大精霊はからかうように皇女をあしらう。

「私が許可をしているんです。だから良いんですよ～」

「申し訳ございません、大精霊様」

これ以上はアンゼリカと関係が悪化しそうなのでなんとかしなければ、と良一が考えていると……

受ける。


「アンゼリカか、どうした」

森の中央から大樹の葉と同じように青々とした緑色の髪をした女性が歩いてきた。どことなく湖の大精霊と似た顔つきをしているが、目元がクッキリとしていて気が強い印象を受ける。

「始祖《しそ》の大精霊様、お久しぶりでございます」

「アンゼリカの気配が森から感じられたので来てみたら、面白いことになっているね」

アンゼリカ第一皇女の口振りから察するに、彼女がこの精霊の森の主である大精霊のようだ。

「我が娘と仲良くしてくれているのは、君の妹君かな。娘がこれほど早く打ち解けるとは、妹君は私達と相性《あいしょう》が良いらしい」

森の大精霊の言葉に応えたのは、良一ではなく湖の大精霊だった。

「それはそうよ～。この子達は私の加護を受けているからね」

「懐かしい顔がいるが……なるほど、君の加護を受けているならば納得がいく」

大精霊達の会話に驚き、アンゼリカは良一に鋭い目を向ける。

そんな中、突然、周囲に満ちる精霊の力が急激に膨れ上がった。その気配の中心に、モアとシーアの二人がいる。

「あら～、モアちゃんは大分才能があるようね。二人の左手の甲《こう》に紋《もん》が刻まれているわ」

「面白いことになっているね。これで世の中はどうなるのか」

「大精霊の宿木《やどりぎ》になる子が現れたのはいつぶりかしら。うちのセラが聞いたらむくれちゃうかもしれないわね～」

二人の大精霊は少し驚いただけで会話を続けるが、アンゼリカ第一皇女達は驚愕のあまり言葉を失ってしまった。

そんな皇女達を横目に、良一達はモアに駆け寄る。

「モア、どうした？　大丈夫か？」

「だいじょうぶ」

モアと森の大精霊の娘のシーアは、手を握り合って固まったままだ。

目を凝らすと、メアの左手の甲に光る紋章《もんしょう》が浮き出ているのが見える。

「うーん。危険なものではなさそうだけど、なんだろうな？」

良一が《神級鑑定》を使って確認すると、モアのステータスはどれも飛躍的に成長していた。魔保力《まほりょく》に関して言えば良一に迫りつつある。

皆が驚きに包まれている中、さらなる闖入者《ちんにゅうしゃ》が現れた。

「モアちゃん、どうして⁉」

涙目で声を張り上げるのは、王国で出会った湖の大精霊の娘、セラである。

彼女は湖の大精霊の足元で頬を膨らませていた。

「あれ？　セラちゃん！　久しぶり」

「モアとそれするのは私だったのに！」

「早い者勝ちです」

シーアとセラの間で容姿《ようし》に見合わない黒い感情が渦巻《うずま》いている。

そこにモアが割り込んだ。

「仲良くしなきゃダメ。セラちゃんもしよ」

「うん、する」

「仕方がないのです」

そうして目の前でモアは、周りのことなど気にせず、セラとも手を繋いでしまった。

「右手にも精霊紋《せいれいもん》が現れて、両手の甲に精霊紋が刻まれたわね～」

「これで何十年振りが何千年振りになったわね」

大精霊様達は相変わらずのほほんとしているが、遂にアンゼリカ第一皇女が倒れてしまった。

後ろにいたメアリーとバウムが支えたが、二人も目の前の現実についていけなくなったのか、少し休みますと断りを入れて、揃って森の入り口に停まっている竜車の方へ歩いていった。

「マアロ、どうしようか？」

「どうすることもできない」

「私もこれはちょっと……。まあ、モアちゃんなら悪いようにはならないでしょう」

精霊に詳しいマアロやキャリーも、こんな事態は初めてなのか、歯切れが悪い。

困惑する良一達のすぐ側に、白い光の柱が立ち上った。

「これは困りましたね」

先程から次々に現れる精霊達に引き続き、今度は神白までやって来た。

「あら～、ミカエリアス様はご機嫌いかがかしら」

「これはお久しぶりです。四十年前に魔王封印《ふういん》の際にお会いした以来ですね」

「大精霊達も元気そうで」

大精霊様達と神白は顔見知りなのか、普通に挨拶を交わしている。

これほど超常《ちょうじょう》的な存在がホイホイ現れるとなると、やはり精霊の森は特別な場所なのかもしれない。

「この前は助かりました、神白さん」

「石川さん、私は何もしていません。いえ、何もできませんでした。石川さん、そして皆さんにも、辛《つら》い思いをさせてしまいましたね」

神白は申し訳なさそうに頭を下げた。

「神白さんの叱咤《しった》があったから、今も生きているんだと思います」

あの時、神白は気をしっかり持てと言葉をかけ続けた。そして、即座に邪神を排除《はいじょ》できるように、良一の側で待機していた。彼も自分ができる範囲で良一を救おうとしていたのかもしれない。

「本当はもっと穏やかに暮らしてほしかったのですが……時に運命の歯車は我々の予想だにしない動きをするものです」

神白は自嘲《じちょう》気味に笑った。

「それでも、普段はメア達と楽しく暮らしていますから」

「主神による初めての転移者があなたで良かったです」

良一達への挨拶を済ませた神白は、三人で手を取って輪になっているモアのもとへと近づいた。

「こんにちはモアさん。主神より〝双精紋《そうせいもん》〟の祝いの品をお持ちしました。お受け取りください」

神白はそう言って、白く綺麗な短剣と、同じ色の髪飾りを差し出した。

「ミカエリアスさま、モアにくれるの？」

「ええ、どうぞ。これら二つはゴッドギフトです。精霊の力によって形も刃の長さも自在に変わる短剣と、髪飾りは自身のステータスを任意で調整できる機能が備わっています」

「よくわかんない」

モアの率直《そっちょく》な言葉に、神白は笑った。

「では、使い方は石川さんに伝えておきましょう」

神白はモアの頭を撫でてから、良一に向きなおった。

「石川さん、モアさんの双精紋の会得《えとく》おめでとうございます。この力は神にも届くほどのものになり得るので、彼女を正しい道へ導くことを期待する——と、主神より仰《おお》せつかっております」

「かしこまりました。モアを非行《ひこう》に走らせないように尽力《じんりょく》します」

「他の二柱の主神も祝いの品を持ってくると思いますが、遠慮せずに受け取ってください」

そう言い残して、神白は帰っていった。

「じゃあ、私達もそろそろ帰るわね～」

湖と森の大精霊様達も、ちゃっかりドーナツの箱を手に取ってから軽く手を振って別れを告げた。

「主神ゼヴォス様に認められた君のことだから心配はしていないけれど、娘達に危害を加えようとする人の子がいたら、成敗してね～」

「モア同様に、力の限り保護します」

「娘達にもちょうど良い経験になるだろう。じゃあ、またね」

訪問者達がいなくなり、この場には良一達だけが残された。

大精霊の娘二人はモアと仲良くお喋りしている。

良一はアンゼリカからの追及《ついきゅう》を、どうやってやりすごそうかと頭を悩ませながら森を出た。

しかし、予想に反して、竜車の中で待っていたアンゼリカは何も質問してこなかった。

「石川士爵、モア様の件で申し訳ありませんが、帝都に戻り次第、陛下にお目通りください」

「承知しました」

「私は報告のために先に帝都に戻りますが、コテージに部屋を用意してありますので、皆様はそちらでお休みください」

すでに日は暮れかけていたが、アンゼリカはメアリーとバウムを伴い、竜車に乗って帝都へと戻っていった。

竜車を見送りながら、良一は精霊達に話しかける。

「えーと……俺達も大精霊の二人をセラちゃんとシーアちゃんって呼んでもいいのかな？」

「モアの家族や友人ならば構わないわ」

セラはやや横柄《おうへい》な態度で応え――

「大丈夫です」

シーアは控えめに頷いた。

「じゃあ、これからは名前で呼ばせてもらおう」

モア達が再び遊びはじめたので、良一は他の皆を呼んで今後の対策を話し合った。

「さて、セラとシーアが同行することになったわけだけど、帝国はどう出るかな」

「皇女の様子じゃ、大問題」

マアロが難しい顔で応えた。

「そうね。初代皇帝をはじめ、皇族から何人もの精霊使いを輩出《はいしゅつ》していることもあって、帝国では他の国よりも精霊使いの立場が高いみたいだしね」

「モアに対して何かしらのアプローチがあるのは確かでしょう」

キャリーとココも警戒しているようだが、大精霊達の会話の内容からしても前代未聞の事態らしく、良一達には何一つ予想できない。

「良一兄さん、モアはどうなるんですか？」

「まあ、悪いようにはしないだろう。悩みすぎてもあれだし、食事の準備でもしようか」

精霊の森の前にある騎士の駐屯地の横には、皇室関係者が訪れた際に宿泊するコテージがあり、良一達もその中の数室を借りた。

しかし料理人が常駐《じょうちゅう》しているわけではないので、夕食は自分達で準備をしなければいけない。

「王国で旅をしていた時も何度か作った、シチューにでもするかな」

「シチュー大好き！」

シチューと聞いて、モアのテンションが上がる。しかし、シチューを食べたことがない大精霊二人は首を傾げる。

「モア、シチューって美味しいの？」

「シチューよりドーナツの方が良いのです」

「温かくて、とっても美味しいよ！　二人も食べればわかるよ」

せっかく自然溢れる景色の中なのでキャンプ気分も良いだろうと思い、良一は久々に屋外で料理することにした。

カセットコンロや簡易テーブルを広げ、調理に取りかかる。

セラとシーアも良一達の様子を見て料理に興味を示し、手伝いを買って出た。

セラが水魔法で食材を洗い、シーアが風魔法で食材を切り分けるなどして、皆で楽しく料理した。

こうして自分達で作ると、多少不出来でも美味しく感じるものだ。

セラとシーアもスプーンで一口食べるとすっかり気に入ってしまい、あっという間に皿を空《から》にしてしまった。

そういえば、スロントと初めて会った日の夕飯もシチューだったと思い出し、良一はイーアス村に思いを馳《は》せる。

ぼーっとそんなことを考えていると、モアとセラとシーアは、空《から》になった皿を差し出して、お代わりをねだってきた。

「まだまだたくさんあるからな、じゃんじゃん食べてくれ。パンのお代わりもあるぞ」

楽しい夕食を終え、皆でコテージの談話室《だんわ》に集まってゲームをしていると……扉をノックする音がした。

みっちゃんが席を立ち、扉を開けて応対する。

「どちら様でしょうか?」

そこには、若いイケメンの男性が二人立っていた。どちらも帝国騎士とは異なる、神官風のゆったりした衣服を纏っている。

「主神オーディスクンの使いで参りました」

「主神アビシタスの使いで参りました」

二人の男性の言葉を聞いて、マアロが即座に跪《ひざまず》き、良一達もそれに倣《なら》う。

モアも一緒に膝をつこうとするが、両隣のセラとシーアがそれを止めた。

「モア様、双精紋の会得おめでとうございます。主神オーディスクンからの祝いの品でございます。お受け取りください」

「主神アビシタスからの祝いの品です。この度はおめでとうございます」

「ありがとう」

二人の神の使いから祝いの品が入った箱を受け取り、モアは遠慮もなしにその場で箱を開ける。

「主神オーディスクンからは邪気祓《じゃきばら》いのタリスマンです。身につければ邪神の呪いや邪念《じゃねん》すらも祓う、至高《しこう》の逸品《いっぴん》です」

「主神アビシタスからは破邪《はじゃ》の剣です。この剣であれば邪神を身に宿す者や邪神そのものでも斬り払うことが可能です」

神の使いは簡単な説明を終えると、早々に姿を消してしまった。

扉を閉めてからは気を取り直してゲームを再開し、賑やかな夜を過ごした。

しかし、内心ではあまりにタイムリーすぎる邪神絡みの神器に、良一は邪神との再戦の予感を覚える。

次こそはメアやモアを泣かせない……そう誓《ちか》って床に就いたのだった。

◆◆◆

「では士爵様、出発いたします」

「お願いします」

コテージで一泊した翌日、朝食を終えて少し経った頃、迎えの竜車が到着した。往路で乗ってきた皇帝ダドロスからの竜車よりもグレードが上がっていて、そのことが少し不気味だ。

御者は皇帝ダドロスからの登城要請の書状を携えており、良一達は帝都へ戻ったその足で慌ただしく帝城に向かった。

竜車が帝城に着くと、内務大臣のツュブル伯爵がわざわざ迎えに出てきた。

守衛の騎士をはじめ、役人から使用人に至るまで、帝城で働く全ての人間がモアとともにいるセラとシーアに頭を下げる。

幼い大精霊の二人は特に気にはせずにモアに話しかけるが、モアは突然大人達に頭を下げられて不安そうだ。

「モアにはこの状況はきついかもしれないわね」

貴族令嬢のキリカでも、城内の異様な雰囲気に緊張を隠せない。

良一はモアと手を繋ぎながら回廊を進んだ。

「モア、大丈夫？」

「安心するです、モアは私が守るのです」

セラとシーアもモアの周りで心配そうに声をかけて励ましている。

「石川士爵、突然の召集、申し訳ありません。アンゼリカ第一皇女から精霊の森での一件をお聞きして、皇帝も今回の件には大層な関心を抱いております」

二人を安心させようと、モアはぎこちない笑みを浮かべた。

それを見て、セラとシーアの周りに荒《あら》ぶる魔力が湧き上がる。

モアはこれに気がついていないが、他の皆は大精霊の魔力にあてられて顔を青ざめさせている。

ツユブル伯爵に案内されながら、良一達は小声で会話する。

「メアとマアロも大丈夫か？」

「はい、なんとか」

「大丈夫。無理をしてでもモアを守る」

「結構大事《おおごと》だな……少しだけ甘く考えすぎていたかもしれない」

良一の呟きにココとキャリーが応える。

「良一さん、今はモアちゃんの心配だけをしましょう」

「そうね。モアちゃんは元気な姿が一番、それを守るために私達が頑張らなくちゃ」

「ああ、俺達大人がしっかりしないとな」

モアの緊張をほぐすために努めて気軽な雑談を続けているうちに、謁見《えっけん》の間に到着した。

「大精霊様、契約者モア様並びに石川士爵とお連れ様方がお見えです」

良一達は近衛騎士に先導されて入室する。

謁見の間には皇帝にゲイル第一皇子、アンゼリカ第一皇女はもちろん、歓迎式典の時にしか見ていない帝国の上級貴族が揃い踏《ぶ》みしていた。

好奇心剥き出しの視線を浴びせてくる重鎮達の顔を見て、せっかく和らいだモアの表情が再び強張った。

「石川モア殿、大精霊様との契約の証、手の甲を見せていただけるかな?」

ツユブル伯爵に促され、モアはその小さな手の甲に刻まれた精霊紋を見せた。

「確かに、歴代《れきだい》の大精霊様と契約を交わした英傑《えいけつ》達に刻まれていた精霊紋の紋様《もんよう》に通じるものがある」

皇帝が落ち着いた声音でそう言うと、周りの者達に大きなどよめきが起きた。

無遠慮《ぶえんりょ》な視線がますます集中し、モアの手は徐々に震えはじめる。

見かねた良一は、意を決して口を開いた。

「まことに不躾ながら、お願いがございます。妹はまだ幼く、このような場には不慣れなものでして、申し訳ございませんが、休憩を頂けないでしょうか」

良一が勇気を振り絞って発した言葉は周りの帝国貴族から不評を買い、糾弾を受けてしまう。

「王国の下級貴族風情が皇帝に直訴《じきそ》など、不敬だぞ」

「そもそもこの場はお前ではなく、大精霊様の契約者を確かめる場だ。口を慎め」

それらの罵声を聞いて、モアの震えが傍目《はため》にもわかるほど大きくなる。

アンゼリカやツユブルが周りを抑えようと動きはじめたのと同時に――

謁見の間に大きな魔力が満ちた。

「モアを怖がらせるなんてどういうつもり？」

モアのすぐ後ろでつまらなそうにしていたセラが、一歩前に進み出た。

「お兄さんを罵倒《ばとう》されて、モアが嬉しいわけないです。そんなこともわからないのです？」

シーアもセラに続いてモアの隣に立ち、謁見の間にいる貴族達を見回す。

セラとシーアがポツリポツリと言葉を発する度に、謁見の間に満たされる魔力が濃く、重くなっていく。

神の加護を受けて精霊の祝福を受けている良一達でさえ息苦しいのに、なんの加護も持たない帝国貴族への影響は計《はか》り知れない。顔を真っ青にして今にも息が止まりそうな者までいる。

その時、ゲイルが頭を下げた。

「俺の部下達が今にも死にそうだ。大精霊様方、こいつらの暴言《ぼうげん》については謝罪をする。その怒りを収めてほしい」

「たかが人間一人のお願いがモアの恐怖を和らげるとでも思うです？」

「モアのような純粋な子がいるかと思えば、こういう傲慢《ごうまん》な人間もいるのね」

二人の怒りを鎮《しず》めることができず、ゲイルは言葉に詰まってしまう。

いよいよ状況が危なくなってきたので、良一も大精霊達を宥めて止めに入る。

「二人とも、これ以上のことをモアは望んでいない」

「そうなの、モア？」

「モア、本当です？」

「うん。良一兄ちゃん、もう大丈夫だから」

震えも止まり、モアは立ち上がってセラとシーアを抱きしめる。

「セラちゃん、シーアちゃん、ありがとう」

「いいのよモア、私達は友達だから」

「モアの幸せが私達の幸せです」

ようやく重苦しい魔力の気配から解放され、帝国貴族達は大きく息をして、なんとか呼吸を整えようと必死だ。先程までとは異なり、彼らがモア達を見る目には畏怖《いふ》の感情が込められていた。

臣下《しんか》達とは違って魔力の影響を受けていないのか、普段と変わらぬ様子の皇帝が、謝罪の言葉を口にする。

「大精霊様方、契約者とその親族に対する不躾な言葉や態度、深く謝罪する」

「あなたはこの国の王ね」

「ご明察《めいさつ》の通り」

「人間の偉《えら》い人は高い所が好きです」

皇帝自ら謝罪したにもかかわらず、セラとシーアはまるで取り合わない。年端《としは》も行かぬ少女に自らの主君を蔑《ないがし》ろにされ、周囲は不快感をにじませるが……先程の出来事が尾を引き、ぐっと堪《こら》えている様子だ。

謁見の間は再び不穏な空気に包まれる。

「父上、これ以上は大精霊様方との誤解も深まります。一度場を改めた方がよろしいかと」

アンゼリカの提案に皇帝が頷き、一旦お開きになった。

良一達が退出した後、この場に残った皇帝が深くため息をつく。

「やはり大精霊の力は凄まじいものがあるな。力任せな魔力の放出だけで場を制するとは。これが制御《せいぎょ》されたらと考えると、恐ろしい」

「父上、いかがしましょう？　契約者の兄は、下級とはいえ王国貴族。対応を誤れば我が国に大きな損害《そんがい》をもたらしかねません」

「そうだな。なら契約者を俺の妃《きさき》にすればいいんじゃないか？」

ゲイルは良一の屋敷で口にしたことを大真面目に繰り返した。

しかし、いくら話し合っても良案は出ず、時間だけが過ぎていった。

帝城から屋敷に戻った後、モアが心労で寝込んでしまった。

みっちゃんの診断《しんだん》では、美味しいものを食べて休めば大丈夫とのことだったので、ひとまず心配はいらない。

◆◆◆

翌日、モアの調子が良くなってきたので、良一は看病をみっちゃんに任せて、スマル王女への報告に向かった。

スマル王女が滞在する館では、使節団のメンバーが何人か集まって話し合いが持たれていた。

「石川士爵、事態は思いのほか深刻《しんこく》ですよ」

言葉とは裏腹《うらはら》に、スマル王女の表情は落ち着いている。

「帝国はその成り立ちから、精霊信仰の者が多いのは皆さんご存じの通りです。過去を振り返っても、皇室の人間が大精霊と契約を交わした時代では、帝国はその力を飛躍的に高める傾向にあります」

使節団の中でも良一とは付き合いが薄い、爵位が高い者達が次々と発言する。

「今回の結果は、恐らく帝国も想像していなかっただろうね。石川士爵は少々厄介事に縁があるようだ」

「確かに。けれども大精霊と契約を交わした者が我がカレスライア王国の国民であるという事実は、大きなメリットになりますね」

　そんな中、ある若い子爵《ししゃく》が下卑《げび》た笑みを浮かべて言った。

「君の妹を帝国の皇室に嫁《とつ》がせれば、王国との関係はより親密《しんみつ》になり、多大な恩を売れる。帝国も大精霊との契約者を無下には扱わないだろう」

　他の貴族はこの意見に否定も肯定《こうてい》もせず、互いの出方を見ようと牽制し合っている。

「皆さん、今日は権力闘争をするために呼んだわけではありませんよ」

　スマルの発言が、漂いはじめた不穏な空気を打ち払った。

「そうでしたな。しかし帝国からは石川士爵に対して、帝国の子爵位を授ける準備をしていると打診があったと聞きますが……」

「はい。昨晩、私と兄宛《あ》てに、石川士爵に対して帝国子爵位を授けるという通達が届きました。しかし、王の判断を仰ぐ必要があるとして、通達書は受け取っていません」

　これを聞いて、何人かの貴族が声を荒《あら》らげる。

「王国での爵位よりも二つも高い爵位を与えるなど、あからさまな懐柔《かいじゅう》工作ではありませんか！」

「名誉爵位ならいざ知らず、正式な子爵位とは……外交問題ですぞ」

　スマルは彼らを手で制し、話を続ける。

「帝国爵位を受けるなら、王国爵位も同等位に上げなければなりません。王国会議を経なくても国王の裁可《さいか》があれば爵位は上げられますが、妥当《だとう》な理由――なんらかの功績が必要になります」

スマル王女とケイレトロス王子には、王から使節団共同団長として数名の名誉男爵位を授ける許可を与えられている。しかし、それでは爵位が釣り合わない。

良一には亡者の丘の解放という大きな功績があるものの、解放した直後に爵位を上げなかった以上、今さら陞爵を持ち出すとおかしな話になってしまう。

精霊使いの地位が高い帝国ではモアが大精霊との契約者ということが大きく評価されるが、王国ではせいぜい名誉男爵位が限界らしい。

そんなわけで、現状ではすぐに採れる有効な手段はなく、可能な限り返答を引き延《の》ばして王の判断を待つしかなかった。

「石川士爵、帝国側から接触が増えるかと思われますが、不用意に物品を受け取ったりしないでくださいね」

最後にスマル王女に釘《くぎ》を刺されて、良一は屋敷へと帰った。

◆◆◆

それから十日が経った。

この間、帝国の貴族からモア達に食事会や舞踏会の誘いが多数来ていたらしいが、アンゼリカが全て止めてくれていたらしい。

スマル王女から呼び出しを受けた良一は、そんな話を聞かされた。

「石川士爵、王国より通達が来ました。……帝国に対して有効な交渉手段を保持することが確認できたので、ここに特別帝国交渉官の任を与えます」

良一はスマル王女の前で跪く。

「謹《つつし》んでお受けいたします」

「また、特別帝国交渉官着任にあたり、カレスライア王国男爵位を授ける」

「ありがとうございます」

簡易的な授爵式ではあったが、スマル王女、部屋にいた使節団のメンバーやモアとマアロ達が拍手で祝福してくれた。


式を終えた良一達は、今度は慌ただしく帝城に向かった。

「特別交渉官殿、両国友好の証として帝国名誉男爵位を授ける。合わせて、妹君にも名誉準男爵位を授ける」

帝城の奥まった一室で、皇帝ダドロスが宣言した。

前回の謁見のような事態を招かないために事前に調整を行なった結果、授爵の場には皇帝ダドロスやアンゼリカ第一皇女にゲイル第一皇子、ツユブル伯爵などの限られた者しかいない。

締め出された帝国貴族からは不満も出たようだが、全て皇帝が強引に収めてしまったらしい。

「謹んでお受けいたします」

「お受けしま、します」

良一の言葉を真似るようにモアも噛みながら頭を下げる。

セラとシーアは少し不満そうな表情だが、大人しくしていた。

「両名とも、名誉貴族位だが受けてくれたことに礼を言おう」

無事授爵を終え、皇帝は満足そうに頷いた。

「こちらこそ、妹のために手を回していただき、感謝いたします」

「いや、そもそもこちらの無礼が原因であり、対処は当然のことだ。話は変わるが、石川男爵は神殿を巡っているとか」

「今、私がこうして皇帝陛下に謁見できているのも、ひとえに主神ゼヴォス様のお導きです。様々な導きへの感謝の念を伝えるために、各地の神殿に参拝しております」

「主神ゼヴォス様か。帝国国内にも多様な神殿が建立《こんりゅう》されている。帝都は騒がしかろう、モア殿を連れて色々と見て回るといい」

「多大なお心遣い、ありがとうございます。お言葉に甘えて、神殿巡りのためにしばらく帝都から離れさせていただきます」

「石川男爵達の帝国漫遊《まんゆう》が良きものとなるよう、願ってやまない」

皇帝からの言葉を貰い、ようやく事前の取り決めでの決定事項を完遂できた。

良一、カレスライア王国、マーランド帝国、大精霊の卵であるセラとシーアの四者四様の思惑や願いを調整して、まとまった結論だ。

カレスライア王国としては、最重要人物であるモアを監督《かんとく》する良一を通して、帝国との宥和路線をさらに推《お》し進めたい。

マーランド帝国側は、帝国民にとって関わりが深く、一種の憧れや羨望の象徴《しょうちょう》である大精霊の契約者と少しでも関係を持ち、国内での影響力を得たいと考える貴族が多くいる。

セラとシーアの二人にとっては人間の国や貴族の力関係などどうでもよくて、彼女達は単純にモアを悲しませた帝国の貴族に対して憤《いきどお》りを感じているだけだ。

良一は権力云々《うんぬん》よりもモアが笑って過ごせることが第一で、ここまで騒ぎが大きくなった帝都から離れたいと思っている。

それらを踏まえて協議した結果、使節団の一員でしかない良一に裁量《さいりょう》を与えるために、特別帝国交渉官の任につかせることになった。

これによって、良一達は帝都から出て自由に帝国内の観光ができるようになる。このまま使節団として帝都で過ごすよりも、モア達に好印象を与えることができるだろうという、帝国、王国双方《そうほう》の思惑が噛み合った。

スマル王女や他の使節団のメンバーは、予定通り帝都に滞在して、今後良一とは別行動になる。

「また時が経ち、成長した石川男爵に会えるのを楽しみにしています」

スマル王女に最後にそう声をかけられて、良一達は帝都を後にするのだった。

あとがき

この度は文庫版『お人好し職人のぶらり異世界旅4』をお読みいただき、誠にありがとうございます。

第四巻は、新しい仲間である象の獣人スロントとの出会いや領地開発、隣国マーランド帝国への使節団参加、そして邪神との戦いなど、盛り沢山な内容となりました。

しかし、こうして自作を改めて振り返ってみると、男性キャラクターは濃いめの人物達ばかりですね……。私は〝力こそパワー〟という言葉が好きなのですが、男性キャラクターを書いていると、ついつい筋骨隆々《きんこつりゅうりゅう》なマッチョマンになってしまいます。

旅の仲間のキャリーは綺麗なマッチョですし、スロントは泰然《たいぜん》としたマッチョ、帝国のゲイル皇子は陽気なマッチョです。そんなマッチョなキャラクター陣に囲まれた良一は、はたして、今後どんなマッチョになるのでしょうか？（笑）

その一方、女性キャラクター達も本巻では大きな成長を遂げています。特に、犬獣人のココは多くの功績を上げて貴族となった良一との関係において、メインヒロインとしての貫禄《かんろく》を見せてくれました。良一に守られるだけではなく、共に自らの足で立って様々な困難を乗り越えていくことで、お互いを助け合える対等な存在になれたと思います。

そのほか、今回の大きな要素としては飛空艇の登場があります。作者が好んでプレイするＪＲＰＧでも、飛空艇などの空飛ぶ乗り物が出てくるとテンションが上がるものです。

それは、主人公達の行動範囲が格段に広くなることでプレイヤーとしての選択肢が増え、全能感に満たされるからでしょうか。

ただ、飛空艇が現れると物語の後半という雰囲気が漂ってきます。拙作《せっさく》も第四巻を終えて、いよいよ佳境《かきょう》へと入ってきました。良一達はぶらり異世界旅を通して、より一層成長していきます。そんな彼らの愉快な旅に引き続き同行していただければ嬉しいです。

なお、すでにお伝えしている通り、アルファポリスのＷｅｂサイトでは、漫画家の葉来緑氏による拙作のコミカライズが公開されています。女性キャラクター達の魅力や迫力溢れる魔導甲機の登場シーンなど見どころ満載《まんさい》ですので、是非、ご覧ください。

最後になりますが、本作の刊行にあたりご協力いただいた方々と読者の皆様に対して、心よりお礼を申し上げます。

よろしければ、次巻も手に取っていただければ幸いです。

二〇二一年三月　電電世界